◆◆ 中国文学名家散文精选丛书

# 风中的修辞

刘云芳　著

江西高校出版社
JIANGXI UNIVERSITIES AND COLLEGES PRESS

南　昌

**图书在版编目（CIP）数据**

风中的修辞 / 刘云芳著 . -- 南昌：江西高校出版社，2025. 6. --（中国文学名家散文精选丛书）.
ISBN 978-7-5762-5638-3

Ⅰ . I267

中国国家版本馆 CIP 数据核字第 2024AU8767 号

| | | |
|---|---|---|
| 责 任 编 辑 | 潘瑜华 | |
| 装 帧 设 计 | 夏梓郡 | |

---

| | | |
|---|---|---|
| 出 版 发 行 | 江西高校出版社 | |
| 社　　　　址 | 江西省南昌市新建区工业二路 508 号 | |
| 邮 政 编 码 | 330100 | |
| 总 编 室 电 话 | 0791-88504319 | |
| 销 售 电 话 | 0791-88505090 | |
| 网　　　　址 | www. juacp. com | |
| 印　　　　刷 | 鸿鹄（唐山）印务有限公司 | |
| 经　　　　销 | 全国新华书店 | |
| 开　　　　本 | 650 mm×920 mm　1/16 | |
| 印　　　　张 | 13 | |
| 字　　　　数 | 160 千字 | |
| 版　　　　次 | 2025 年 6 月第 1 版 | |
| 印　　　　次 | 2025 年 6 月第 1 次印刷 | |
| 书　　　　号 | ISBN 978-7-5762-5638-3 | |
| 定　　　　价 | 58.00 元 | |

---

赣版权登字 -07-2024-1063

# 目　录
CONTENTS

第一辑

石头的修行

# 风中的修辞

　　风吹来，盘踞在我的鼻尖。更多的风在爬山虎的叶子上，河面的睡莲上以及岸边小孩子稀疏的头发上，快速地翻阅着……它们是在寻找什么？一群群麻雀从梧桐叶子脱落的地方冒出来，在那里说三道四，蹦蹦跳跳。树上，圆滚滚的球形果实摇来晃去，像一个个耳麦，这棵树把它们垂挂于空中，想要收听到些什么呢？

　　我踩着叶子，从小区里的砖石路上走过，感觉身边所有的事物都像是有话要说，比喻、拟人、排比、夸张……它们隔着物种的界限向你传递某种信息，那么复杂，又那么亲切、熟悉。空气里传来雨后青草枯萎的味道，这让我想起某个秋天的清晨，从这样的气息里穿过，去地里掰棒子，摘南瓜，薅葱，挖红薯或者土豆。在一个个重复的季节里挖出新鲜的果实，将它们放进地窖或者粮仓，储存起来。我父母总是在跟某个季节抢东西，把那些物件从地里快速地收回来，藏在某处，保持水分，免得被冻坏。

　　而与此同时，蚂蚁们也在田野里快速地搬运着。我蹲在地垄边，看着父母和蚂蚁们以同样的姿态忙碌着。我坐在那里，让自己安静成大山的一部分。我能感觉到，在大山的心跳里，父母的忙碌与蚂蚁的忙碌运用着同一种修辞。

河边，爬山虎的红是一把钥匙，它打开一层，让我看见故乡黄栌叶的红，那是一团团忽然就燃在远山的火，让人有种错觉，以为又有花忘了季节，由着性子开了。它让我想到少年时，自己和伙伴都有过那样一张红扑扑的脸，一整个秋天，风和阳光都在这些红脸上摸摸索索，好像错将我们的脸当成了一颗颗苹果。当然，它也摸索奶奶的脸。那么瘦弱的奶奶，在田野里开垦出无数的小块田地，种葱，种红薯，种土豆，也种花生。那些田地有的像鞋底，有的像头巾，它们是奶奶扔在大山里的抽屉，在一些个清晨或者傍晚，她从那里取出各种鲜灵灵的果实。

在故乡，风是大自然全年都在用的修辞。春天，它亲吻你，冬天，在你脸上磨刀子。春天能有多温柔，冬天就能有多狠心。我的脸被风割出过口子，手上，脚上都被割出过。在山路上一走，风直往手上的口子里钻，像是急切地要往那里塞上一封信。脚丫上的口子总是往外渗血，母亲给我洗了脚，往上糊一层煮熟的土豆泥，可惜这口子根本不领情，依旧张着，似乎有话要说。它要说些什么呢？说它走过的那些路吗？等到晚上，袜子和肉连到了一起。母亲帮我一点点往下撕扯，扯出一块血脓来，又是往上抹蛤蜊油，又是放在火上烤。一股暖气，顺着那口子直往身体里灌。

父亲从外边回来，看了看，什么话也没说，去他的电工包里来回翻找一阵，拿出一截白胶布。那截原本用来缠电线的胶布，被他快速地扯下，牢牢粘在我脚底。白天，这块胶布总是向我提醒着它的存在。许多个冬天，我的脚是父母和一场场寒风竞技的舞台。他们想尽办法，让那些口子闭紧嘴巴。

露水有时是摇摆的无根无茎的果实，有时是一面微小的立体的镜子。这透明的球体在清晨探照整个世界。它看得见，清晨，谁奔忙在田地里割韭菜，拔萝卜，谁穿着一双高腰球鞋弯着腰捡地软，谁对着一地庄稼叹息或者说话。少年时期，我没有看到的有关清晨的景象，都被无数的露水记载着。但它们却从不认账，等我去辨认的时候，翻身就滚落到土里，又在人看不见的地方努力往上爬，能爬多高就爬多高，然后藏在一颗颗玉米的籽粒中，也藏在瓜果最甜的那一部分。后来我发现，它们也藏在年长者的眼眶里。当我第一次看见那露珠从他们身体里分泌出的时候，我才知道那个秘密——他们，也是这大地上的庄稼。

奶奶喜欢坐在玉米皮编制的蒲团上，花白头发总是遮住半张脸。她将高粱秆也长长短短地切好，两头用细小的树枝接上，拼造出了一座宫殿。她把这礼物送给我的时候，也会一同送我些故事，王宝钏苦寒窑或者梁山伯与祝英台楼台相会。她还用布头拼制出一张张被子，用塑料袋折成三角形拼制书包……奶奶总是善于用零碎的东西拼凑出另一种东西。比如用鸡蛋拼凑出一年的用度，用一块块田地拼凑出孩子们的营养所需。她也习惯于拆解，用碎片化的叙事向我展现她的童年，那些散落在岁月深处的星星点点的甜。

夏天，她送我麦秸杆做的蝈蝈笼子挂在高处，又交代我，要喂它们吃南瓜花、酸枣叶，挂露水的最好。那只蝈蝈最终吃掉了另一只，而它自己也死了，两只脚还紧紧地抓着一段麦秸，表现出一种不舍和恐惧。在做东西时，奶奶过多地关照了细节，说话时却从不夸张，也很少比喻。她那么随意将它们递给我，只说"给！"好像一切都是顺便为之。

几十年过去了，我总渴望通过想象和梦境进入那段时空，把蝈蝈笼子取下，把"宫殿"拎在手里，将一切都紧紧攥着。我希望自己成为时间的窃贼，把那一段经历尽可能立体地进行剪切，粘贴出来。但醒来之后，手心里，除了因为握得太紧留下的指甲印，什么也没有。

眼前的河水浑浊，一些水草在里边横竖交错。站在石头后边，我与这水影相认，确定那里隐藏着奶奶最后几年的眼神，含混，却微微透射出某种暗淡的光，像是眼眶里嵌了一对琥珀。奶奶看人时，总是费力地把那些光聚到一起，然后努力回想，眼前走过的人到底是谁。我总是怕与她对视，但她依旧到处搜索我的身影，不管谁经过，都先把我的名字挂到人家身上。

她经常坐在别人家的房顶上，望着远处那些小块田地——她藏匿着的"抽屉"已经被大山收了回去，先是长了苦菜，后来又长了野菊花，再后来，竟然有几株黄色的野玫瑰也搬了家来。她不能跑远，便在窗台上种了许多花草，好像是为了与那些不能再去的遥远田地进行呼应，似乎在告诉它们，哪怕出不了远门，她也能种出一片姹紫嫣红来。

去看她，就要穿过从土墙上凿出的那一截甬道，暗得看不见手指。她刚才已经在窗口看到我，在里边喊着："慢点走，黑！"用这声音为我定位。我摸着一旁的土墙一步步试探着往前，终于进了那孔窑洞，她盘腿坐在炕头，前倾着腰身，邀我上炕。我从那双眼睛里看着自己的倒影，我像照镜子一样，看着自己坐在她的眼眶里，听她说话。某一刻，我甚至觉得，此刻的自己正是她眼眶里那个小小的我投放出来的。

最后那两年，她躺在炕上，已经失去行动力。我总是逃避去看她，也怕看到她混沌眼神里小小的自己，生怕从那里照见无以言说的胆怯。我知道，某种事情正在她生命里悄悄蔓延。她越来越瘦，越来越小。最后那次见她，窗帘拉着，她蜷缩成一团，见了我只是哭。那哭是有气无力的。我感觉，暗处的奶奶像一丛被人放倒在地的纤细的花朵，一抖一抖的。

那次离开故乡的时候，大雪封山，我只好背着行李出发，到山下搭班车去外省上班。雪没过小腿，在脚下咯吱吱地呻吟。几天之后，我接到奶奶去世的消息，当时正在街边店里买自行车。我付钱的手颤抖着，推动那车子，骑上去，感觉车轮迅速地滚动着，像是要飞快地捻碎什么似的。

那些年里，我总是梦见她依旧躺在老屋的炕上，旁边停留着一口棺材，像船一样，等着载她去远方。她去世之后的多年，一直暂居在我的梦里。我总觉得，那是她有意将生前的留白一点点涂抹填满。

后来，我结婚时，长辈们把她的照片请出来，靠墙供着。她以这样的方式参加了我的婚礼。她的眼神里保留了那几年的混沌。我弯下腰去，擦拭照片上的灰尘，然后，偷偷抹掉了眼眶里的泪水。

我一次次爬上地垄。仿佛那些曾经被奶奶收获瓜果的抽屉，如今也变成了我的。在所有大地深处的抽屉里，我都能发现长辈们留给我的非文字的惊喜。于是，我看到柿子树结满果实，看到柳树弯腰，拼了命也要亲近土地上的一棵草，看到喇叭花在栅栏上拼命喊出无声的消息……大地生产了最新鲜却又最古老的语言，将它们揽在怀里，等着某个人或者所有人去聆听。为什么我在更小的时候没有发现呢？好像年龄一日日增长，就是为了让自己终于可以够到这些秘密似的。

这么多年，每次回乡，我都会去往大山深处，遇见石头，就坐上去。山野空旷，看不见人，但抬头低头都能看见往昔的情景。语言开始在心里乱撞，它们像醉了一样，东倒西歪，拼不出一串像样的句子。

走在小区里，看到曾在五月盛放过的野玫瑰，现在只剩下小小的叶片晃动，绿化带里的黄栌也已经变幻了色彩，松塔不时从高处落下……

眼前的植物仿佛也与故乡的植物通联、合谋。让所有既虚无又真实的东西飘过，在心里扎根。我恍惚起来，此刻，自己到底身在哪里？但一眨眼的工夫，这幻觉便碎掉了。我呆立着，对每一株摇摆在风里的植物肃然起敬。

# 原野上

春天最后一场雪刚刚消融，那潮湿在院子里留下的神秘图案还未完全消退，刺苋、车前子、打碗碗花、苦菜……这些母亲年轻时教我们指认过的植物，就又一次从院子里冒出来。它们的种子是在哪里藏着的？为什么日复一日地清扫，整个冬天，大风没完没了地吹，竹扫帚一年四季地刮擦，也无法将它们完全除掉，只要春风雨露轻轻一唤，便疯了般冲出泥土。难道那些野草是院子在春天不得不说出的第一句话？

母亲从不远处锻炼回来，径直走到野草中间，坐在事先安放在那里的一把椅子上。拐杖放置在一侧，像匹等候她随时启程的马。她斜着身子，弯腰去拔院子里的杂草。她说，要趁它们还没有把根扎得太深，就赶紧拔掉。有段时间，她对待这些野草的情感是复杂的。一方面看它们长在那里，怎么都碍眼；一方面，家里养了几只鸡之后，它们又变成了最好的草料。这让无法去往远处的她也能用野草喂鸡。许多个清晨，她把带着露珠的野草采摘了，放在一个长木板上，用一把钝刀，叮叮当当，剁起来。她那只不能动弹的右手跟随着身体来回晃动，她身体里所有的力量都从左手输出，将那把野草剁得稀碎，扔进一只被挤压得变形的铝盆，再拌些麦麸喂给鸡吃。

野草带来的便捷和野草对院子的霸占，这两种状况带来的复杂情绪盘踞在母亲心里。我站在一侧，眼前的清晨，让我想起在远方城市的许多个清晨，忽然觉得，每次回乡，都像是生命之根为我校准在这世界上的定位似的，故乡原野上的高天黄土、植物生灵，以及我的亲人，成为一条条横向的、纵向的轴线，那些一直隐在我文字之后的东西浮现在眼前，是另外一种呈现。

我注视着病痛中的母亲，注视着院子里微风在清晨吹拂过的每一个角落。蓝天被高山合围成一面湖的样子。记忆里的故乡与在光阴里坚守着某种朴素的故乡，正在生活的大浪潮之下改变的故乡，它们分裂着，像这院子里被水泥凝固的那部分，被野草一遍遍侵占的那部分一样，形成了人与环境的某种版图。曾经，母亲清除野草、专门保留一片野草为鸡当草料的矛盾心情，与我看待故乡的心情像是某种映照，似乎并没有什么不同。

母亲压根没想到有一天会搬离故土，去往城里住。可父亲偏偏与她得了同样的病，为了有人照料，他们不得不搬去弟弟打工的那座小县城。为此，她托人把家里唯一的老母鸡杀了。拔掉的鸡毛扔到远处填埋，更细小的鸡毛被一堆生起的火燎烧掉。母亲在椅子上看着那只会跑动的鸡最终变成一盆肉。这是在一个清晨发生的事情。那把钝刀和木板停留在原地，野草继续肆意地生长着。它们似乎还不知道，自己再无用处。

在那些野草中间，有两株野菜很特殊，它们没有被除掉，甚至还在根部挖出小坑来，得到了浇灌。那是两株人工养殖的灰菜。父亲说，村里唯一养有这种植物的是岳老二家，它们的种子定是借着某一阵风从岳老二家来到我们家院子里的。果不然，另一株就长在我们家房子侧边的土坡上，这一棵与他家直线相连的方向，还有一株。这些灰菜一株一株像是要标注出风从一家吹向另一家的路线来。原来，一棵棵忽然冒出的植物，也可能是风的脚印。

灰菜的叶子紫红色中又带着些绿，很是好看，叶片也比普通野生的大出许多倍。它们以树的姿态一直向上，又分出许多枝杈来，先是高出了母亲那把椅子，后来高过弯腰驼背的母亲。从城里回来的小孩儿们来了，也站在最高的那棵灰菜下好奇地往上看，说，一棵菜竟能长这么高。许多个没有蔬菜的日子，我就从那些枝杈上揪几片叶子，用水焯了，再放了葱蒜，烧了辣椒油浇上去，一道凉菜便摆上了桌子。母亲常坐在灰菜周围铲除其他的野草，她始终也没舍得将这两棵灰菜除掉。

离开村庄之后，爬上母亲心头的第一批与村庄有关的意象，便是院子里的野草，接着是房顶的，田地里的。她常会念叨，那些草会不会把院子吃掉？让院子变成野地？她又担心，野草占据了房顶，变成一丛丛低矮的密林，蚂蚁和各类虫子穿梭其中，在那里安家。接着，它们与野草一起，向内潜行，打房子的主意。蚂蚁定会为雨水引路，它们合谋，一起把房子击垮。母亲在县城的小出租屋里为这些事情辗转难眠。

我们闲聊，讲起我最初离乡的那些年，她和父亲送我去外省求学，他们坐在学校对面的刀削面馆里吃完饭，便踏上了归程。回去的火车上，母亲不住擦拭泪水，她后悔将我送到那么远的地方。车窗外的树一棵接着一棵，电线杆一根接着一根，它们匆忙地划过，形成我与她与故乡之间细密的刻度。母亲担心，我在宿舍的床上会哭，担心我跟陌生的同学相处不来。她不知道，我走出大山，坐上火车钻过一个又一个隧道的时候，有多么兴奋，我太渴望远方了，我那时既渴望地理的远方，又渴望时间的远方。我以为火车跑得够快，时间就会快速来到我想要的某一个阶段。

在异乡，我每次想到母亲和父亲，想着他们一个在矿洞里受苦，一个想尽办法做小买卖，便把口袋里的钱攒得更紧了。我那时拼命隐藏着故乡在身体上、语言上留下的痕迹。我常在夜里写诗，虚幻的感受以文字的形式顺着笔墨在白纸上奔跑，我以自己想要的方式驯养一群马匹。许多次，母亲讲起送我上学后，回去路上哭泣时的情景，我都会心生惭愧，我实在配不上她对我的那份疼惜。而她讲述的都是事件的背面，比如，我在学校给他们写的信，他们在山村里一遍遍读，他们放大了我对他们的想念，为此，甚至感动得眼眶湿润。而时至今日，我早已经忘记自己那时写下过什么。

夜深了，我倾听着母亲在语言的碎片里完成她对故土的思念，那些常来家里串门的老伙计，他们步履蹒跚于某个时辰，走向我们家院子。村里谁家的杏最甜，谁家的庄稼最壮实，谁家是种地的好手，谁家糊弄着田地，最后被田地糊弄……母亲向我讲述着，勾勒着，她吐露的信息是碎片化的，是纷乱的，有时是穿越时空的。母亲的讲述是一篇带着诗意的散文，融入了诸多细节，充满温情。我终于明白，我对往事的反复叙述，企图一次次组建语言的堡垒可能源自她的遗传。

我记起，25 岁那年，我带着一个平原的小伙回乡结婚，我们买了硬座，整整十八个小时的车程，我靠在他肩上，或交谈，或望向窗外，偶尔休息。我仿佛带领一位读者进入了文字背后的真实世界。他陪我去山顶，看残破的古老汉庙。我们像两只散养的羊，漫无目的地在山里游荡。黄栌的叶子红得想把天空烧掉似的，一大片芦苇占据了不知谁家弃种的土地。对面的山里，不时有人在喊话，他们在打松子呢。这是一个秋天。

这个异乡人像一把钥匙，让我打开了另外一种欣赏故乡的视角。他的到来，对我以后的写作有着重大的意义。我感觉到，吹在故乡土地上的风是那样古老，从庄稼和树木上流淌过的时间是那般宁静，澄澈。除了近几十年中，被伤害过的那种阵痛之外，故乡原来还有上千年的历史风韵和壮丽之美。我那种曾经渴望逃离的心境中，故乡陈旧的形象抖落掉一层灰。他说他喜欢这里，我从他的喜欢里开始照见我对这座大山、这片土地最初的情感。我向他倾诉小时候的遇见，一些人与事，种种细节。语言有流水的特质，让我们把故乡和童年更完整地展示给对方。

三年后，经历过生育，我在那个冬夜，接到母亲的电话，说村里一位老人去世，不久之后，又走了一位。关掉客厅的灯，站在窗前，我看着对面楼宇森林里亮着的灯光，村庄里散落的人家的灯光和那种清新的空气一下子就跑到了鼻子下边。我曾经企图用语言抓住的那些东西，在这一刻，向我奔来。我打开电脑，任文字在白色的文档里排列。那时的文思奔涌，不受任何阻拦，我企图将那些人物做最真实的记录和还原。是的，我想让他们和那些村庄逝去的时光，顺着我的指尖重新回来。

我和母亲，我们离开家园，都在用琐碎的语言构筑它，这像是一种本能。

母亲日复一日在县城那座小区的花池周围转着圈锻炼，月季花极其艳丽，石榴树上的花也燃成一小团一小团的火焰，低矮的冬青用色彩表达着它的执着或者顽固。母亲拄着拐杖，有时走在阳光里，有时走在树影里，所有这一切都与她无关。她的心始终在老家的院子里，与那些不断冒起的野草做着一场又一场的抵制。也在那一场又一场的抵制里，证明着自己与家园的联系。

母亲的身体长年累月地失衡，腰弯得厉害，她拄着拐杖艰难地前行，像一穗谷子在狂风里颤颤悠悠。我在出租屋门口摆好房东相赠的旧桌椅，打开笔记本电脑，在空白的文档里敲下一段文字，又匆匆删掉。我明白，我和母亲在讲述那些与村庄有关的过往的时候，其重点不只是那些野草、那些土地、那些人……这一切都是我们情感的载体。我们在诉说自己，在利用他者完成自我的抒情。虽然那音调是低沉的，看上去不太经意。然而这一切都已经历过情感的重重筛选。

　　终于，母亲在一通电话里得知，大爸（大伯）早已将我家房顶的野草全部清理干净，还用碌碡轧了很多圈儿。在那场百年难遇的暴雨里，山路被冲垮，许多人家的房子塌陷、毁坏。甚至连城区都遭了水灾。母亲在一次次心焦的等待之后，终于收到了确定的消息：我家的房子安然无恙。她这才心安。至于院子里那些野草，便由着它们生长吧。但等到了秋天，我在村里人的朋友圈看到，与我家相邻的村委会竟然组织党员把院子里的野草全部除掉了，连同那两棵巨大的灰菜。院子一下变得开阔、明朗起来。

　　院子上方的地垄边，那棵苹果树结满果子，不时有几枚滚落到院子里来。要在以往，母亲总会拄着拐杖走过去，把果子捡起来，好的，人吃，烂了的，喂鸡喂狗。这一年，那些果子像是树对主人扔下的一句句试探和召唤，但却始终没有得到任何回应。而弟弟工作太忙，也不便回去。村里人越来越少，并且大多年迈，不像以前，还要用荆棘一层层围了，以防别人来采摘。母亲打了几番电话，托付同村的姑姑帮忙收获，除了苹果，地里的核桃也该收了。母亲说，只要不让它们烂在地里，怎么处理都好。

　　姑姑忙碌了好几天，不仅把它们全部收回家，还把卖掉的钱打给了母亲。还在深秋的时候，给她捎去一袋核桃。甚至还另外留了一箱子，穿越千里，寄给了我。

我吃着来自故乡的核桃，核桃皮上细密、复杂的纹理上好像还带着大山里阳光和风的味道。我想象着姑姑在那些田地里收获它们的艰辛。那艰辛我体验过。就在上一年，我独自采摘了十几亩地的核桃。好几天，一吃完饭，我就往地里赶，推着一辆蓝色的小推车出门，在上边放了把高凳子，几个编织袋和一个篮子，又扛了一根绑着铁钩子的长竹竿。

　　核桃树下种满了玉米，它们都高过我，密密麻麻。从它们中间穿过，玉米叶子的边沿瞬间变成锋利的武器，一不小心就会在胳膊上、脖子上、脸上划下印记。高处的玉米穗时不时下一场白色小雨，抖落到我身上来。低处的核桃可以直接摘下来，高处的就要用竹竿往下够。我仰头，从绿叶之间寻找核桃绿色的身影，又一个个将树枝够下来，再轻轻采摘。收购核桃的商贩异常严格，青皮稍有破损，都会挑拣出去。父亲实诚，在我去地里之前，便再三提醒，有破损的，或者小些的，千万另外放置，省得给人家添麻烦。有的树枝长得极高，我无法将它们够下来，只能跳着脚用竹竿上的铁钩子将核桃整个刮擦下来。又蹲下身去，从土里四处寻找掉落的核桃，将它们一一装进编织袋里。

　　蹲在地上，抬头看向树梢，我感觉自己微小如蚂蚁，玉米与玉米之间透出的阳光是那样灿烂、诱人。收完几棵树上的核桃，我走出玉米地，坐在地垄上休息，风吹拂着额头上、脖子上源源不断的汗水。一旁的南瓜藤正在尽情地开花，各种野草也在地垄上抒情。我看向不远处，别家的人也在收核桃。一群羊从一旁的马路上走过。这一派田园景处处入画，让我看得入迷。但很快，我便想，我终是这片土地上的逃离者、背叛者，而对这田园风光产生的美好感触不过是逃离者的特有心境罢了。

　　母亲多年前也在田地里没日没夜地忙碌，父亲外出打工，她一个人承担所有。有段时间，她言语间总是抱怨。但也只是说说，她从未想过要如我那般逃离。如今，她离开了，不必再依赖于土地，就能获得食物和蔬菜。然而，讲起家里托付给别人的十几亩田地，讲起那些树木，她的眼神一下子就有了光泽。即使十几年无法下地劳作，她依然能通过别人的信息，对现在地里的情况了如指掌。

母亲对家园的关切，就像我对故土不自觉地一次次地探入，那是我们生命的原野。在那里，一切东西，都因为我们的言说和表达有了其他的意味。当我懂得这一切的时候，听母亲说到田地，说到房子，说到野草，说到在山里开放或者枯萎的野花，便知道，所有这一切不过是语言背后的道具，母亲对家园的依恋，对自己身体残缺不能参与劳动的遗憾，对于不得不在晚年漂泊于陌生之地的无奈都藏在那些名词背后。

我曾得意于做故乡的记录者，然而，在一次次回乡的过程中，我才明白，我当日看到的、感受到的不过是人和事的某一个侧面。就像这么多年，故乡的山在我心里有些年被伤害，有些年雄壮、有些年显出沧桑、有些年又显出新气象……这所有的一切，都因为我目光的温度发生着变化。我感受着文字像魔方在切换，并且随着这样的切换，我不再执着于看见最真实的那一面，况且，到底什么才是真实呢？

母亲说，等你爸再好些，我们就回老家吧。然而，没多久，父亲就又一次住进了医院。

我告诉母亲，我梦见你恢复得很好，你在老家的原野上奔忙，给我摘红艳艳的覆盆子；你在老家的房子里拔草，从草丛里捉到一只鸣声很响的绿蝈蝈，送给我的孩子；你甚至还学会了骑自行车，在我住的城市的街道上，跑得比风还快……母亲在电话那头笑，说，这些梦她也都做过。这么多年，她的身体在梦里一直是完好的，并且，在梦里，她从未离开过故乡，她始终干着所有活计，一刻也没有停歇过。

# 石头的修行

上

所有石头都值得警惕，是我小时候得出的经验。

这感受源自去山里割草，我无意中踩坏了只蜂窝。它当时悬在一枚比鸡蛋还小的石头上。几只蜂反应迅捷，在我还不知道自己已经成为肇事者的情况下，开始围追堵截。我按照大人们教的方法，躺在田地里拼命打滚，但它们却不肯罢休，仿佛要在我脸上合力绣下一朵花。最终，我没让它们得逞，脸却肿得老高，把眼睛挤得又细又小，还极其痛痒。我好奇，它们为什么会把蜂窝建在那么小的石头上，任随便一个人或者鸟类就可以将其踩翻。这属于失误，还是某种特殊喜好？我见过一些土崖、或者巨石上的人头蜂，圆型的蜂窝建设得像一座倒挂的城堡，异常威武、霸气，让路过的人或者牛都忍不住驻足，多看两眼，又急匆匆地走开。但那些自诩勇敢的人却总是跃跃欲试，想在不做任何防护的情况下，一把火将它烧掉。

我再去山里时，开始小心翼翼，这才发现在小石头上建设家园的蜂不在少数。它们在附近的花朵上采蜜，不时钻回微小的窝里。有的蜂窝只看得见一两只蜜蜂。它们是叛逆的出逃者吗？为什么会离群索居。这微型的蜂窝，让我想起姥姥家，以及他们一大家子组成的微型的村庄。那里除了姥姥家、两个舅舅家，就别无他人了。只不过，那些蜂选择在小石头上安家，而他们在一座体积庞大的山里落户。姥爷早年前是吃国库粮的煤窑工人，他为了自己母亲的夙愿移居到此，便没有再离开。他和姥姥一共生育了九个子女。平时，上学、采买都需要翻山越岭。那时，常有人向吃苦耐劳的姥爷抛出橄榄枝，邀请他去别村落户。但他却总是拒绝，若不是到了古稀之年，井水枯了，儿子们又相继死去，他大约一辈子都不会离开这里。

在姥姥、姥爷家的石头房子里，煤油灯总是从暗夜里争抢出一块光亮之地，供我们围坐在一起。整个世界都黯淡了，唯有这灯下的生活是盛大的、热络的。灯下的石头屋仿佛是整个黑夜的中心。不，应该说，它就是整个世界。每个人的影子映在墙上，暴露出崎岖不平的质地。因为要省油，没有什么事可做时，便早早吹了灯，人都挤在炕上钻进被窝里说话。姥姥、姥爷生命深处的故事开始向我耳朵里扩散。时光和话语都变成了流动的河水，往我的心里漫涌。那一刻，我深爱这村庄的微小。我不知道，那些在小石头上筑巢的蜜蜂是否也迷恋这样的感受，才将家园安置在小小的"星球"上。

顺着姥姥家院子右侧的小路往南走，路边有棵一个大人都抱不过来的酸枣树，大约有几百年的树龄。这种生长得异常缓慢的树种，能达到如此规模，在山间也是很罕见的。旁边是巨大的柏树、杜梨树、山杏树……从树间穿过去，便可看到巨大的石头正在进行"家具"展览。一块"L"形的石头，摆放在那里，可作沙发。那块平整方正的石头便是一张绝佳的床了。上边显出一块块黄绿间的苔藓来，给这张床作了床单。旁边低矮的石头可以当床头柜，在它与床之间，一棵红色的彼岸花盛开着……

新枝上的黄栌树叶为了引人注意，长得异常阔大。我和表哥、表姐总会采了叶子当盘子，又在上边放了瓜果，脱了鞋，盘腿坐在石床上，围着一起吃。大部分时候，只有我一个人来，或者坐着发呆，或者躺下去，仰面看着高天流云。柴胡和其他叫上名、叫不上名的草药和野花都吐露出芬芳，混合成彩色的地毯，努力往我的记忆里铺排。

不知道因为什么，那些石头和植物竟然模拟了家园的样子，难道大山里有神仙不成？雨后的大雾天，是神仙回家的日子吗？我总是盯着那些巨石，眼睛都不敢眨一下。而神仙为什么会模拟人间的生活？就像隐居般生活的姥爷，每日里忙着植树、嫁接，收获，去山外兜售水果。每次从外边回来，都企图将那些新的生活方式移植在这深山里。他在这么与众不同的地方努力，也不过是为了儿孙们能跟外村的人过上一样的生活。

我常把目光望向山崖，从那些裸露在外的石头之间，寻找它们与生活的某种联系。通过长久的注视，我从石头上看到了羊群，看到了牛头，甚至看到了扭曲的人面。我指给姥爷看，他抿了嘴笑，说，是的，很像。姥爷与这些山石对视的时间更久，他应该早发现了其中的秘密。听母亲说，他年轻时的许多个夏天，白天忙着放羊，深夜，还要去地里忙碌。将山洪冲出的某一道鸿沟填上。把山上滚落的石头安置到更稳妥的地方。

作为这大山深处的一家之主，他不是在驯服石头，而是对它们充满了敬意。那年，他决定修一条通往山下的路，儿子、女婿们都成了帮手。巨大的石头阻拦其间，成了一大难题，除了用炸药别无他法。姥爷先是用馒头、酒、菜完成了祭奠，然后，对着石头一阵虔诚地跪拜。他嘴里念念有词，仿佛在祈求着什么，请示着什么。巨大的爆破声响彻山间，路终于修通了。从此，更多的水果去了山外，时不时也有陌生人进山，像误入桃花源一般。

我们平时依旧走原来的小路，要从无数草木间穿过，又跨过一条河。河间的石头被雨水、风摩挲出各种大小和形状。过河时，我们多是不会空着手的，弯腰捡拾做石头饼用的小石子，稍大一些的就用来玩抓石子。去时，把捡的石子寄存在某个崖壁的小小洞穴，交由大山看管。等从姥姥家回来时，再捡上一些，一起拿回来。那时尚不知与众不同的可贵，喜欢的都是模样相同的东西，似乎也怕模样特殊的石头捡回来孤单似的。一锅锅石子不大不小，形状也都差不多。但在辗转于各户人家时，总是在不断遗失，又不断被新的石子填充进来。像日子一样，看似没有什么大不同，却在不知不觉间完成了更新。

许多次，我一个人从自家那座山上出发，去姥姥家，跨过小河，穿过石头崖的时候，手里攥着一把被河水盘磨得光滑的石子，像是拿着与山河之间的信物，穿过羊肠小道，急匆匆向上。那一刻，我觉得自己是比蚂蚁还微小的生命。我惧怕忽然扑在脸上的蜘蛛网，一边快速地将它抹掉，一边在心里向蜘蛛恳求饶恕，是我，无意中破坏了它们在树间为自己织就的锦衣。

我迫切地想看到半山腰那棵老松树，想看到结着累累果实的苹果树、核桃树。那条狗定然会欢喜地跑到跟前，细嗅我身上的味道，以此确认我跟它主人间的血缘密码，之后，它不住摇起尾巴。我们会路过一座池塘，蜻蜓在上边翻飞着，一会儿掠过水面，一会儿停驻在一种叫水蒿的植物上。池塘的边上到处是羊的脚印。羊们每天早晚都在这里饮水、照镜子。一旁散落几块大石头，上边常常撒满盐，供羊食用。我不明白为什么要给羊喂盐，但山里的放羊人都这么做。

拐过弯，就是姥姥家住的石头房子，里边总是充满了水果的香气。旁边是一座废弃的砖窑。它只烧过一次砖，便作了他用。姥爷先是用石头垒了半人高，在里边养猪。后来又在石头中间夹一个木门进去，在里边养起了鸡。我有时候跟着姥姥进去收鸡蛋。抬头便看到高高的砖窑上空一小片圆圆的天空，感觉鸡们好像是生活在一个巨大的罐子里。偶尔，鸡们也从门缝里逃跑，到果园里溜达，在离地近的树枝上啄食苹果或者桃子。有时候，它们也飞上树，藏在树冠里打盹。有的鸡再也捉不住，在草丛里生活一阵，忽然就领回一群小鸡来。像是领着小鸡崽们故地重游似的，又回到了院子里。姥姥挥舞着笤帚，不费什么力气，就把它们轰到了那座砖窑里。

我还是经常梦见院子里天然的石桌和围着它的几个石凳子。每年夏天，野草都被把它们淹没一次，冬天，草枯死了，再把它们变出来。这一再重复的魔术，最终也没能引得谁归来。

下

舅舅在山间放羊，吆喝羊的声音总是伴着铃铛声在林间响起。他用长把的羊锨铲起一小块石头，扔向远处。一开始，我以为这是他向羊投掷的暗器，但时间一久，便会发现：铲石头的时候，他击中的都是某棵树、某片草，甚至某块大些的石头，这不过是为了吓唬羊们。只有在铲起土坷垃的时候，才会用来惩罚那些不听话的羊。绵软的土坷垃在白羊、黑羊的身上忽然散开，变成一朵土黄色的花。那羊猛地一个激灵，赶紧回到队伍里来。

羊群是大山最好的点缀，有它们在其间移动着，才显得更加灵动、可爱。但没过多久，另外一种石头却把羊群从这山里驱走了。这些在土层之下不知道修炼了多少年的矿石，某一天被人们发现、开采，送到山下的钢厂换成钱。这强大的刺激和诱惑，是那些羊给不了的。舅舅和表兄们也学着附近那几座山上的居民，迅速组成一队，开始挖掘这山林的骨头。于是，从羊脖子上解下的铃铛串成一串，挂在了墙上。把羊们送到山下专门经营肉食的某个村庄，换来的钱没有拿回家，就变成了一辆机动三轮车。它在那崎岖的山路上奔驰着，用来运送红色或者褐色的矿石。

姥爷年事已高，根本阻拦不了。他只得在去往矿洞的路上建了小小的庙宇，烧香、跪拜，好像是在向山神祈求原谅。

外村的人、山下的人沿着姥爷修好的路上山，最后也钻进了这山林。人们没日没夜从山间撬下矿石，捡拾金子般的喜悦感让他们百无禁忌。矿洞太低矮了，要跪下、趴下，在地底下一步步艰难地前行。裤子要打上厚厚的补丁，才能避免膝盖被磨破。每一次去往山里，他们都要穿上最脏、最破的衣服，像是一群集结在一起外出要饭的乞丐。

有时候，他们也会路过姥姥家门前，站在那里，向姥爷讨要一个苹果吃。姥爷自然是慷慨的，但树上的果子还是时不时就会丢失一些，清晨，总能看到某棵树下布满了重重叠叠的脚印，绿叶子和折掉的树枝覆盖在上边。

那时，附近的山里都在进行疯狂的挖掘，眼看着，富足的日子就被这矿石垒起来了。没人能想到，在地下深藏多年的石头竟会复仇。它们先是躲在暗处对挖取它们的人予以恐吓，以坍塌的形式，砸中某个人的腰或者腿，让他失去行走的能力。但这恐吓根本无效，人们依旧我行我素。于是，石头开始杀人。不只是沉重的矿石，就连矿石间冒出的气息，都可能具有强大的杀伤力。那些连绵的山里，哪个村庄没有因为采矿妻离子散的家庭？禁止私自开采的传单发下来，人们还是放不过这褐色的石头，哪怕它会吃人。就这样，跟禁采的人几经博弈，直到封了矿洞，才眼巴巴地收了手。

然而，这些长久挖掘"山林之骨"的人身上，永久地落下了矿石的咒怨。这其中就有我的父亲，他们这个年纪的人腿脚都不好使，像集体得了一种腿病。他们不愿意多说当年在地下跪着、趴着的辛苦经历，但也不把这些当成一种禁忌，仍旧愿意畅想用石头换钱的那些日子，好像已经忘了石头有多沉重，生命有多脆弱。他们在村里的路上走着，身体左右摇摆，两腿向外弯曲，好像夹着一颗无形的巨大矿石。

我曾经那么警惕矿石滚落到自己的命运里，拼尽全力逃离，这才到了远方的城市。而因为矿石丧命的亲人，至今还常出现在梦里。这场矿石与人的消磨、战争之中，无论矿石还是人都是受害者。

停止挖矿之后，村里又有了羊的身影。我去山里转悠，看见羊群在山坡上吃草，放羊人也拿着一根长把的羊铲，偶尔，抛起一块石头，或者土块。只可惜对面山上，我两个舅舅和姥姥、姥爷都已经不在了，那座山林再也不会有羊群散步。爬上高处的山梁，我沉默着。隔着一条宽阔的河沟，用眼睛搜索姥姥家石头房子的位置，石床、石沙发的位置，酸枣树和池塘的位置……那空旷的荒无人烟的小村庄，仿佛成了我心上的一个空洞。山风一吹，里边就流淌出悲伤的曲调。

我小时候总觉得那些像家具的巨大石头是通向未来的，我和它们之间势必有一场约定。然而，最终，我还是做了失信者。隔着河流眺望，已经是将近二十年里，我与它们走得最近的距离了。

有一天，媒体的朋友让我录一段创作谈的小视频。弟弟举着手机陪我去山里。我站在那山梁上，手往前伸，指着对面的山峦，刚说完"小时候"三个字，便哽咽了。那些句子像巨石被瞬间爆破一样，散碎着，堵在我的发声部位。我蹲下身去，再说不出一句话。

顺着小路往回走，在山坡上，看到一些年少时深爱的野花，注视了半天，却没有去采摘。我转身时，发现路上有一枚褐色的石头，它像只叶子形状的浅杯子。我把它捡回家，放在窗台上，往里边倒满了水。只不过片刻，这些水都被它吸了进去。再举起这石头看时，它竟像哭过的眼睛，湿润润的。只不过，它的泪水是往回倒流的。

小孩们跑来，围着看，他们也觉得这块石头"眼睛"好玩。年长者却觉得我少见多怪，说，这不就是当年他们采下来换钱的矿石么。对于他们来说，在山里，各种形状的石头都不稀奇。而我们与石头间的关系曾经是那么亲密。用石头打造轧粮食用的碌碡、喂猪喂牛的石槽、粮缸上用的石头盖子，还有石磨、石臼、石锤……有些石器被人们长年累月地使用，甚至变得油亮闪光，有了包浆。在中元节前几天，将从河流里捡回的石子倒入平底锅里用来做石头饼。上下两层石头烤压着中间雪白的面饼，出锅后，用来祭献逝去的亲人。让石头和粮食亲近，成全食物，这是石头在大山深处受到的最高礼遇。每一张饼上边都有石头的印记。那连成一片的坑坑洼洼的图案，仿佛是一封写给逝去亲人的家书。

在孩子们的世界里，那些石器大多成了故事中的老物件，矿石更是变成了一个陌生的词汇。只有村口那几个大大的"国家级公益林"的字眼，提醒着他们，山林里的一切都不可毁坏。他们再也不会重复祖辈私自采矿的命运，当然也不再拥有去山里采药、捡柴的乐趣。年轻人坐在一起，也常会感叹自己换了一种活法。那些矿石从沉重的生活底色里退去，变成巨大而独特的背景镶嵌在每个人的记忆里。

我把那只矿石"眼睛"带回唐山，放置在家里墙上的木格子里。丈夫说这石头跟他收藏的风凌石山子很不搭调。他把他的石头都当成宝贝，特地定制了一个很大的木格子装在墙上，这个区域好像成了禁地，轻易不许孩子们乱碰。我固执地让这只石头"眼睛"在上面安了家，也像他一样，时不时拿下来看看，在心里想着故乡那座山上的人或事，以及山上每个季节的风，每一座老房子，那些巨石和老树……仿佛我也变成了一块石头，被山里的一切盘磨、浸润着。

# 捡来的房子

三轮车下山、过河，又上山，河这边的山路虽然同样颠簸，却从视野上明显宽阔起来。这里是秦蜀古道，多年来竟然没有废弛，听说某些山崖上还能找到古时的车痕。路旁的植被随着车速不停地往后退，山腰上的田地，一层一层，交错罗列，近了又远去。许多地里的杂草和庄稼混在一起，有的地垄被前几日的雨水冲垮，出现了形状各异的沟坑，这原本是秋收的季节，却给人一种破败荒凉的感觉。父亲边开车，边半闪着脸往后大声喊，挺好的地没人种了，人都跑进城去了！我望着那些临近山体的土地，不只是杂草，就连一些灌木也往地里靠拢。似乎入侵者完成了占领的重任似的，在风里得意地摇晃着。

忽然，从一片蒿草里走出个老人来，手里拎一个大南瓜，缓慢地往前走。父亲说，那南瓜也不是种的，应该是去年的南瓜没收净，烂在地里，它们的籽粒今年又结出的果。我觉得父亲是为了维护他前边没有人种地的说法。可父亲偏说，你要去地里，也能找出几个来。

小姨他们村倒不一样，几乎所有地里都长着一人多高的棒子，有的棒子地边上围着土墙，扒拉开棒子，再扒拉开来回缠绕着的豆角，能看到几孔被废弃的旧砖窑和老土窑。

我们到了小姨家，却见房门紧闭，窗户也被砖石砌上了。院子里铺了石灰，上边踩满了人和羊的脚印。院子东边那棵大槐树下坐着的老人说，他们家啊，搬走了，住到后边那个沟里了。父亲只好又一次发动三轮车。

在一个大斜坡的底端，远远就看见一处院子，院墙一半是老式的泥坯，另一半是带刺的酸枣树围拢起来的栅栏，小姨听见狗叫就跑出来。

这是一处老房子，三间完整的房子镶嵌在山体之中，蓝砖的颜色已经黯淡。门窗是笨重又结实的枣木做成的。这三间房子紧挨着的是三间只有房身没前脸的房子，一间塞满了杂物，一间是杂草和铡刀。另一间用长长的栅栏围着，里边铺满一层羊粪蛋，是羊圈。不知道房子的主人当时出现了什么样的变故，把快要建成的新房给废弃了。

小姨颇为得意地对我们说，这房子是捡来的，人家进城发了财，就不要了。

连房子都不要？我满心惊异。想当年，小姨初嫁我们村，小姨父兄弟七个，他们只分了一间房，中间的堂屋是跟婆婆公用的，屋子后边有个砖头叠起的石槽隔着，石槽旁边绑了木头栅栏，里边一头骡子呼哧呼哧喘着气。我们在里屋待着，如果房门不关上，骡粪味飘过来再正常不过。有时，会有个骡子脑袋忽然从门帘与门框的缝隙里钻出来，瞪着一双眼睛向屋里打探。小姨在那间屋子里生了三个孩子，一年一个，跟台阶似的。直到小姨夫的七弟要结婚，他们才不得不搬出去。当时村里刚建了新校舍，学校的老房子闲下来。小姨和小姨父跟村大队借了学校的房子住。好歹是两间，好歹告别了骡子的味道。学校院子边上的矮崖上有个小土洞，是我们村里的土地庙。孩子们一哭，小姨就去叫神婆，先是拿颗鸡蛋放在镜子上，再挨个给村里死了的人点名，没准叫住谁，鸡蛋就稳稳站住。之后，又是炒菜，又是送鬼。到后来，小姨自己都能把这一套熟练掌握了。

小姨父每天去山里挖矿，后来小姨也去。两个人在矿石沟里没命地挖。他们挖出的矿能砌成好几套房子。

但在借来的房子里，他们总是叹息，所有的聊天都能刺疼小姨的自尊心。他们像没壳的蜗牛一样，觉得到处都不安全。所以决定盖新房。砖石是三舅烧的，砖坯在一个秋天运进砖窑。三舅日日夜夜守着那些淡蓝色的火焰。小姨多么欣喜，天天给三舅做他爱吃的刀削面，并在面里埋进两个白嫩的鸡蛋。

新房的地址选在我家房顶上边那块地里，那是别人家的地，种了许多种果树，春天有花香，夏、秋有果香，就等一座房子落在中间，做最好的陪衬。小姨父给那家人拉麦子，拉水，小姨又时不时送些吃食，帮人做做针线，费尽心思才把这块儿地换过来。

为了省钱，沙石都从山下的河里拉。工期也拖得长，几乎是挣点钱买点材料。可最后一年不行了，他们借住的房子一到夏天就漏雨，小姨把锅碗瓢盆摆了满地，连炕上也是。白天，满炕都铺了塑料布，生怕雨水把被子浸湿。孩子们只好吃睡在我们家。即便这样，小姨也总说，晚上常梦见吃了满嘴泥，睁开眼才知道天花板上的雨水滴到嘴里了。黑灰色的霉花爬满了被褥，小姨说，她感觉自己也要发霉了，总是奇痒无比，怎么抓挠都不管事，似乎是骨头里痒。

小姨父把更长的时间放在矿洞里，别人下矿了，他开着三轮车去山下的钢厂送矿，有时是一趟，有时是两趟。不知道为啥，那年夏天的雨特别多，一下雨，矿上也不能去了，小姨父看着房子犯愁，只好东家凑，西家借，准备先把房子盖起来。

可借钱哪有那么容易，幸好有一家远方亲戚有个建筑队，小姨父跑去央求着，不管怎么样先动工再说。越求对方越不说话，最后，他只能耍起赖。你不给我盖，现在的房子坏了，出人命怎么办？

盖房子的时候，所有亲戚朋友都是帮工，我十二岁的弟弟，一下学就成了搬砖的童工。

那时候，小姨和小姨父的眼里蓄满了温暖，他们像宣誓似的，在灯下，跟我的父母说，以后得加倍干活了，争取赶紧把大家的钱还上。

那套新房终于落成，大窗户宽敞明亮，外墙贴满了瓷砖，在村里也算是数一数二的。房子盖好以后，屋里的湿气还没被完全风干，他们就搬了进去。再没有钱装修客厅了，客厅的地面上全是泥土。小姨生起火，一做饭，墙上便开始往下淌水。她一边撕了旧衣服擦墙，一边说，这房子像是有啥冤屈似的，有流不完的泪。

从挖土烧砖到房子落成，真是操碎了心。那一年钢筋涨价，又加上装修房子，他们欠下了不少的债，小姨父没日没夜在矿石洞里挖矿。有一天，他像往常一样穿着满是布丁的工作服走了，到晚上了，却迟迟不见人回来。第二天，雨一直下个不停。小姨挨家挨户找，那些平时挖矿的人大都三五成群挤在一起打扑克，却不见小姨父。

在矿石沟，小姨父和另外两个小伙子静静躺在矿洞里，父亲进去找的时候，里边一股阴风吹来，差点把他手里的灯扑灭。那是许多年来，村子里最悲壮的葬礼。人们在这三户人家里轮流帮忙，去哪儿都悲伤。

小姨父死后，小姨睁眼闭眼都看见他在屋子里转悠，赶都赶不走。她没法逃离他的目光，就离开了我们村。那套房子一直空着，各种关于它是凶宅的传说不绝于耳。小姨改嫁了。

我们这一辈人都管新姨父叫小姨父，唯独我还坚持他们婚前的称呼，叫他阚叔，似乎那个人是别人不能代替的。我们来的时候，阚叔出去放羊了，说是放羊，却也不能闲着，羊在坡上吃草，他在地里掰棒子。小姨说，他们在春天几乎把能捡的地都捡着种了。这些地那么荒着也怪可惜。要不也没什么好活计，他们的女儿还在北京读大学，儿子虽然工作了，但过几年还要娶媳妇。不攒钱怎么行！

这捡来的房子已经有近百年历史，依着山势而建，用蓝砖做拱形顶，那时的砖虽然相对现在要大一些，显出陈旧，却有一股朴拙的味道。小姨的家当塞满了屋子，村里给大女儿发的锦旗，二女儿绣的十字绣，还有儿子的艺术照挂得满墙都是。地上是刚洒扫过的水痕，母亲腿脚不好，在不平整的地面上走得小心翼翼。阚叔刚回来，正在门后蹲着洗手。小姨说，阚叔本想把这地面都用洋灰铺一遍的，可她硬是拦住了，得把钱省下来，给在北京打工的儿子买房用。

这口气跟十几年前比是大变了样的，那时，小姨二十几岁，瘦长身材，心也清高，住进大房子是她最大的梦想。她瘦弱的身子在矿洞拉筐，绳子和骨头相磨，把肉皮都勒紫了。晚上回家洗澡，叫我去搓背，说她是搓衣板，一点也不过分，等转过身来，脸色黝黑，哺乳过三个孩子的乳房完全贴着骨头，如果不是被吸吮过的乳头怪异地贴在那里，绝不会让人想到这是一具女人的身体。

小姨大约记不得那个下雨的晚上，我用手电筒照着送她和小姨父回家，路很滑，她一声尖叫之后，小姨父立马将她扶住。他们到了光探不着的暗处，那些地方充满了泥泞，我听见小姨父说，拉着我，别撒手。

小姨此刻给我们沏茶，茶杯还未倒满，她就开始说今年的年景，算是不错了。又念叨自家如何穷，钱是北京打工的儿子给寄来的，儿子还要供女儿读大学。她嘴里的儿子跟我们听到的不像一个人，我听说的那个版本是，他早早辍学，混迹于小城，后来跑到北京打工，不朝家里要钱就不错了。

记得小姨以前最讨厌女人没完没了地说话，现在她也变成了自己讨厌的唠叨女人。母亲说，这是小姨父死后，她受了刺激的缘故。

小姨还是忍不住提起他。拿起外孙女的照片给我们看，你看，多像她死了的姥爷！又念念叨叨说，今年孩子们都在外边，没去给他上坟。忽然，她又说起他们以前的那座房子。那可是小姨父用命换来的房子。

这跟小姨没关系了，她感叹，那时候，她也想跟阚叔住在新盖的房子里，可住在那间房子里，她总看见小姨父，他坐在那棵树苹果树上吃苹果呢，他在柴禾垛旁劈柴呢，他蹲在门槛上抽烟呢……她觉得跟新结合的男人在一起简直就像偷情一样，满心负罪感。

多年来，她的妯娌一直惦记那套房子，那个女人才不信什么鬼呀邪的。她把自己的骡子拴在一棵榆树上，把猪拴在门前的苹果树上，让这个院子充满了粪味。新收了的麦子堆放在门廊下边，农具也放进小姨家的小土窑里。弄得小姨回到那里以后，都没处下脚。

这个女人，是小姨父的哥哥娶的第二个女人。她刁蛮跋扈，为了跟几个妯娌争斗，不惜给自己的孩子取了她们的名字。这样她就可以光明正大在院子里叫着这些名字骂，如果哪个妯娌敢学嘴，她马上还过去，我骂我娃哩！又胜一筹。她家里就有跟小姨同名的女儿。

小姨说，我可以把房子让给她。但是他们家得出个人。小姨说的人是他们哥哥的第一个妻子，那女人死于难产。按规矩，小姨百年之后应该回到我们的村庄，跟小姨父葬在一个坟里。小姨说，他们能舍出亡妻，她就能把房子给他们。那房子是花了不到二十万盖的。找个结阴亲的女尸也花不了两万。她想让母亲当说客。母亲没等她说完，就开始打岔："快别说了，也不怕别人笑话！"

在旁边坐着的阚叔一句话也不说。他不停地抽烟。

小姨想跟他永远在一起，毕竟是他帮着把三个孩子养大的。

可在我看来，人心就是一个房子，里边住了谁，这事儿由不得自己。小姨担心死后，孩子们把她的尸骨拖走，去陪伴他们的父亲，所以早早为死去的小姨父找个伴儿。其实，她一次次提起他，甚至说起以前的鸡毛蒜皮，包括一些不满和旧恨，这些只能成为她思念亡夫的力证。她惧怕跟他在一起，只是自己无法面对过去的山盟海誓。当然，这只是我猜的。

我猜想小姨面对两个男人的时候，也像面对两座房子。老的沧桑，百爪挠心，新的有生命力，屹立在当下。老房子坍塌，新房子建起，哪怕是在原地建起，谁也顶替不了谁。

阚叔这时说，在城里买了房的李老二还说要把房子卖了呢，那么好的房子，根本没有人买，白给都没人住了。这几年，人们疯了一样，往城市里挤，哪怕没有工作也要租房住在城市里。他们生怕变成跟大多数村民不一样的人。

像小姨和阚叔这样愿意捡别人房子的人是少数的，在那些老人眼里，别人的房子再好，也不如住在自己房子里踏实。这几年玉米的价格不错。他们把所有没人要的地里全都撒了玉米种子，一粒肥也没施。结果今年还真撞上了大运，老天爷给面子，收成还不错。只是一天天在地里忙碌着，连个歇息的时间都没有。

这些长辈们似乎从来没想过自己，为了儿女什么都豁得出去，为了给儿子娶妻不惜外出打工，过着自己不太适宜的生活；为了帮儿女带孩子，常年跟自己的老伴分居。更多的父母在家里辛苦攒钱，虽然他们的收入对于买房来说简直是杯水车薪。但还是不断努力着，一遍遍自责自己和孩子不该投生在这山沟里。他们说怎么也得给孩子一套房子的时候，一脸歉意，好像忘了自己就是带儿女们来到人世间的第一套房子。

其实小姨还很年轻，还不到45岁，她就开始把自己的愿望全都抹掉了。临走时回头看她，顿时觉得她也像被时间住久的老房子。还没太老，就已经满身沧桑，手上裹的泥和头上沾的庄稼叶都跟孩子们有关。而那些听见三轮车响，隔着院门向这边窥探的老人们，哪一个不是如此。他们不仅带儿女来到了世界上，在年老之后，心里装满了与孩子有关的各种事情，只要跟他们聊聊天，他们就能清楚说出某一个城市的天气和新闻。这都是因为他们的孩子在那里。这村里有多少老人，就有多少被暂时遗弃的老房子。小姨在一张纸上算起账，假如今年的棒子卖不出好价钱，他们是不是应该像别人那样迁出村子，像别的女人一样，当保姆，或者保洁员。阚叔干保安，或者去搬家公司，他还是有把子力气的。过了好久，阚叔才说了句话：不到万不得已，不能舍下家。

临走时，从原路返回。夕阳铺满了山坡，远处的小村落在三轮车的震动下抖动着，摇晃着。母亲说，她说啥也不会住进别人的房子里的。所以有一年说要把我们全村拆迁到城市，她听到消息就抹了眼泪。在山顶上，我看到一个古老的石碑。我让父亲把车停下，我临近石碑站立，看到那一片灰色的浓稠的地方，便是城市。多少人曾在这座山里捡柴、牧羊、看风景，也像我这样望向远处，我想到我们千里之外的家和那些在外漂泊的乡亲，想到这座山里我那些活着的、死了的亲人，忽然感觉所有的人和生命都像是借宿者。

我的父母依着三轮车唤我，说风大，要我快回。我一路小跑着过去，帮母亲整理好围巾，帮父亲把帽子正了正。天色很快暗下来。父亲把三轮车的灯打开，四周的山好像忽然凑过来，看着我们一家人被一束光带着晃晃悠悠地往前走。

# 不能遗弃的土地

父亲常常这样讲，我们这座山形似一个聪明人的脑袋，头顶光秃，边缘茂盛，而土地的内里，全是宝藏。丰富的矿资源我是见识过的，煤也不稀奇，可那是大山自己的。只有耕地是我们说了算。父亲一年一年从他祖辈的脚印上踏过去，远远看去，正在耕种的那些长条的土地像是正在纳着的千层底，那些圆些的地像是指肚上的纹理。这些千层底和纹理组合成的地貌，好像预示着，生活在这里的农民不仅得踏踏实实耕种，还得仰仗着神秘莫测的苍天才能填饱肚子。

父亲年复一年跟土地打交道，有时候较劲，有时候妥协。麦子熟透以后，站在地垄上的他总会先抽出一截麦穗来，在手里揉碎，再把轻飘飘的麦壳吹走。他将一把略带湿气的麦粒放进嘴里，麦粒经过牙齿的咀嚼，一股香甜在舌尖久久不去。这时，收割机开进地里，麦秸从收割机的铁嘴巴里吐出来，瘫软在地里。现代化的机械文明没有走进村庄之前，人们会在麦收结束后把麦秸码起来，搭成方形或者蘑菇形的麦秸垛。在仰仗土地吃饭的年月里，这是一家人的成绩单，也是未来日子的保障。这边麦秸垛刚刚落成，那边家门口已经摆上了酒菜，等着庆祝。

现在，麦秸垛成了一种罕见的事物，那些麦秸只有一小部分能被带回院子，上边遮一小块布，羞于见人似的。但父亲依然会庆丰收。老人们围坐在散发着麦香的院子里，对今年的收成进行着品评。他们老了，在土地面前显得力不从心，按理说都到了颐养天年的年纪，但是因为子女在外打工，不得不强撑着。

在这片土地上，他们吃过了太多苦，但对土地的感情却一代代传承下来，甚至形成了与土地较量的心气和技能。比如，我的父亲。尽管天气预报里已经报了晴雨，他还是坚持跑到院子里，看风向和云。对天气的观测是祖辈留在他身体里的一种技能，就算科技如此发达，他也不愿把这种技能丢失掉。天气干旱的时候，他吃饭也没了精神，东山洼尘转转，西疙梁看看，回来看就成天仰着头看云，好像要从那里窥破天机一样。当一场大雨降临，天与地终于接通，丝丝缕缕的弦线不只流进了土地，好像也流进了父亲的体内，他目光变得有神，睡觉也安稳。

夏天，半夜里忽然会电闪雷鸣，很快便能听到不远处山洪奔泻的声音，父亲猛地从炕上坐起来，扯开窗帘不安地往外看。第二天一早，睡得迷糊的我们看到父亲的位置空着，等我们起床后，看到他穿着雨靴、披着个编织袋，手拿铁锹回来了。父亲的裤腿已经湿透，脸上却是一副灿烂表情，"幸亏去得及时，要不麦苗全都下山了。"

那时节，村庄里家家户户都是如此。人们与土地好像血脉相连一样，土地的丝毫变化能牵强他们每一块神经。只有在土地上，他们才能显现出超常的直觉和智慧。我总能看到父母神情严肃地讨论着哪一块地种玉米，哪一块地种麦子，哪一块地种高粱，哪一块地种大豆……他们研究着土质，研究着一块土地的历史，哪些是沙地，哪些地以前上过什么粪，他们以自己的智慧与知识算计着一块地可能会爆发的生命力。即便如此，能否丰收也要靠运气。

天气自然是一大关，还有那些活跃在山里的不速之客。在东山弯，紧挨着山林的那片沙地正是红薯最适宜的土壤。到了秋天，山林里的灌木总在土地上试探性地安插着它们的子孙。这时，野猪在松树上一边磨蹭着，一边等待着最理想的时机。这个偷盗的贼，常常借着月色将大半块地翻一遍。秧苗全都躺倒在一边，地下的果实被它连着泥土卷进了嘴里。我们原本等着父亲带回新红薯，结果却看到他气呼呼地把红薯秧扔进了牛槽里。

有人说，可以炒点炸药，拿炮轰野猪，父亲自然不同意那么做。还未入秋，他就在那块地的四周围上带长刺的荆棘，防止野猪偷袭。后来，野猪成了国家级保护动物，人们没有任何招数，纷纷把沙地弃掉。可父亲说什么也舍不得。这样一来，我们那块沙地显得很孤单，而且通往他的路无比崎岖，以致于耕地的机械根本开不进去。父亲自己想起了办法。他把多年不用的铁犁搬出来，擦了又擦。手持在墙上闲置了多年的一杆长鞭，架起两头黄牛走了。父亲虽然读了十几年的书，但因为他是家里的长子，这些农活在他手里一点也不含糊。整个山谷里响彻着他吆喝牛的声音。那些古老的口令从他嘴里传出来，是那样浑厚、动听，显得格外有底气。

父亲用最原始的方式耕种，他入迷一样，竟然忘记了时间。那天，母亲特意找出一个黑瓦罐，里里外外洗了很多遍，盛上饭菜。黑瓦罐上有两根粗麻绳，我拎着它一直走到东山弯。犁过的土地泛湿，与没犁过的地方形成鲜明的对比，父亲脖子上搭一块白毛巾，两头牛不慌不忙地走着，他们在两种颜色的交接处不断移动。父亲挥动鞭子的时候，天上正好有一群叫不上名的黑鸟飞过。我忽然觉得我们的存在有了根系，好像我们不只是我们，也是不同年代里在这块土地上耕种与送饭的任何一对父女。父亲给牛松绑，让它们去山坡上吃饭的时候，我似乎开始理解他为什么会因为弟弟不会犁地而难过了。

父亲每一年都花时间去修整地垄，他先是用镢头把蒿草连根铲除，再用铁锹把这些带根的草扔到远处，好像担心他们又活过来似的。父亲修过的地垄，像是被刮了胡子的男人，显得清秀而俊朗。他把地里的石子拣起来去填路上被水冲出的大坑，一举两得。早年，像父亲这样修理土地的人比比皆是。谁家的地收拾得利索，跟庄稼的长势与产量一样，都是莫大的荣耀。

就在乡村大兴私人煤矿的那些年，人们也不忘把自家的地整理得像模像样，那时的土地是人们的脸面，也是人们的根。不管多忙，走得多远。人们都会被这些根拽回来，及时播种，及时让粮食归仓。那时候，人们把粮食看得比天重，没有粮食怎么行？有关饥饿的故事被铭刻在老槐树上悬挂着的一口钟上。传说，那时天地干旱，土地贫瘠，长出的庄稼还不及种进去的多，人们吃野菜、吃树皮、吃观音土，后来甚至是人吃人。饥饿像一个魔鬼把恐怖的气息埋进了人的骨头里。

现在，时代进步了，一切都在优化，土地越来越肥沃，种子越来越优良，在异常干旱的那些年，政府会人工降雨。之后，连粮食税也免了。我和弟弟都去了外地，父亲也在北京打工。母亲像蚂蚁一样扛起繁重的农活，也像蚂蚁一点点消灭家里的粮食。我们的囤粮好几年都吃不完。父亲最关心的仍然是土地，他大老远打过电话来，先问的便是那些地。同我母亲一样，所有留守在家的女人都不会在农活上有半点马虎，她们在无奈的时候最终结成帮对在田地里劳作，她们到了哪块地，哪块就像活了一样，有了声音和色彩。

后来，因为母亲得了脑溢血，父亲不得不回到村里，起初他还有些失落，等他从地里巡视回来以后，忽然就变了个样子。他觉得自己终于有时间好好修理那些地，这正是他在外打工时，日夜悬心的东西。而在外打工的人把土地托付给亲友，不久之后，亲友也都进了城。他们只能把土地交给他们年迈的父母。为了能顺利完成耕种，不得不四处求人。他们中间的人有的因为给人打工，请假实在不便。更多的人是因为回家种地、收获需要支付昂贵的成本。仔细算算，一种一收来回的路费，加上误工费，就是一大笔，真是折腾不起。再者，没人照顾的土地，怎么能保障收成。起初，看见一块儿地荒着，父亲只好拣来种，他实在不忍心一块地被荒草占领。到第二年，第三年，被弃掉的耕地越来越多，那都是些好地。在之前划分土地的时候，人们在大槐树下抓阄，抽中这些地的人就像中了大奖一样。然而，即便那些人种不成地，他们还是忍不住天天关注家乡的天气预报，也忍不住向父亲打听他粮食的收成。父亲感觉到人和土地的关系正在发生着微妙的变化，他在这座山上寂寞地劳作着。那些比他还长一辈的老人也在地里忙碌着，这让他更加寂寞。

可以说，没有父亲的帮忙，那些老人根本无法将粮食收回家里。可他自己又有严重的腿病。每次看父亲为别人的土地忙碌，我和弟弟总会劝他，有时间不如多休息，也劝他把那些小块的土地充掉，能不种就别再种了。父亲看着我们说，你们哪知道什么是农民？我和弟弟忽然有些失落，把目光扫向对方，检查着彼此的身上到底丢了什么。

去年，外出打工的表姨和表姨父回到了家乡，他们正在谋求出路的时候，父亲建议他们去收拾村里荒掉的耕地。没想到，表姨竟然同意了，父亲乐得合不拢嘴。他们天天跑到地里看玉米苗破土，长高，又急着去帮忙除草。让人觉得他捞了多大好处似的。那些土地也争气。在秋天，玉米秆都长到一人多高，玉米棒子个个丰满。远处的人听了都安心，好像那不只是一块地，更是一个个终于有人照顾的有血有肉的亲人。

把玉米收回家是一件浩大的工程。在山村，他们根本请不到年轻的帮手。唯一能帮忙的就是那些上了年纪的老人，这些平均年龄超过七十岁的人，从自家带了小马扎去地里。他们坐在一堆玉米秆旁边，剥起了玉米。大家一张口说的全是远方的人，后来，干脆像玉米一起沉默，也可以说，他们同玉米一起想念远方的人，这是个温暖又心酸的场面。

　　每每看到电视里人山人海的场面，父亲就百感交集，为我们这座人烟越来越稀少的村庄叹息。他恨不得从电视里那些拥挤的火车站，那些城市的街头，一下拎出一批人来。他和村里人都担心秋收之后，这座塬是不是只能由着野草涂色。他们偷偷查看着表姨家的动静，心底升起某种殷切的渴望来。

　　某一天，村子里忽然响起播种机的声音。父亲在我家院子里，看着不远处蓄足了力量准备孕育生命的土地，乐了。

　　而那些土地的主人在节假日回来以后，总会去种他们地的表姨家里蹭点馒头或者面条吃，他们安静、用力地咀嚼着，不知道品到了什么。

# 杏树的预言

　　好几年，我都没梦见过奶奶家门前那棵老杏树了。只不过，回到故乡，走过那里时，还是会不由自主低下头去。等完成这个动作，才忽然想起，杏树已经被砍掉多年，我再不必担心它垂下的树梢会刮着自己的头发了。

　　这棵爷爷少年时种下的树，曾不只止一次出现在我梦里，而有几年，每次梦见杏树，身边就有朋友传出妊娠的消息。以至于，我一直深信杏树在我梦里具有了某种预言的作用。从我记事起，它就是村里最大的一棵杏树了。奶奶常在树下纳鞋底，有时也把杏花绣在我们的鞋面上，白格灵灵的还带着些红晕。杏树下放了一口石槽，旁边栽根榆木杆，用来拴骡子。杏花开得正盛时，那骡子黑峻峻的皮毛衬映着满树的粉，煞是好看。过不久，大风将这一树粉色吹落下来，围在骡子四周，也落在它的身上。骡子烦躁，不时晃动着尾巴驱赶凋零的花瓣，好像在它眼里，这飞舞的花瓣不过是些粉色苍蝇。

　　那些前一年掉落在地上的杏子，基本都会被奶奶捡回，放到窗棂上晒杏干，杏核嘛，砸了给我们当零嘴儿。总有一些没有被人发现的，藏在暗处，等着春风一来，便举起嫩芽，好像在向杏树举手，报告自己的方位。我把它们挖出来，移植到别处，或者送给谁。但那些树苗却都没有长起来。得到树苗的人倒也想得开，好像有我们这棵杏树在，能汇集一个村庄的热闹，就足够了。

杏花开的时候，父亲总会驾着骡子去山那边的村庄，接爷爷的姑姑——我们的姑太太。那是一位八十多岁的小脚老人，她总是穿着浅色衣裳，一身洁净，满头银发衬托着红润的面宠，笑起来，连皱纹间都散发着慈祥。自从看到她之后，我甚至对老年有了一颗向望之心，盼着有一日，能老成她那个样子，老得闪闪发光。也希望在未来，老到白发苍苍的时候，能有娘家的后人将我接回到故土。我也要像她那样坐在杏树下，给他们讲他们都不知道的故事。

坐在开满杏花的树下，要像她那样专注地剪纸才好看吧，要拥有能在布上开几朵花的能力才可敬吧。为此，我特地让父亲去集市上买了一把小剪刀，放在口袋里，不时就拿出来练习。我撕下写完作业的本子剪，用前一年的旧日历剪，也用树叶剪……剪刀在各种材料上沙沙啃食着，仿佛时间正在刀刃下撕咬。我还朝母亲要了一块布和一些彩色丝线，在上边描了一枝花的图样，绣了个枕套。看到的人总会问，那是什么花，我答不上来。我不知道一种什么花忽然就在我指间盛开了。

杏树下的老人各有各的神态，我至今记得大红奶奶那夸张的神情和来回摇摆的笨拙身体，汤先生扶着黑色眼眶看人的样子，神婆总是一惊一乍，满脸神秘，而我姨奶奶总会捂着脸哭诉儿媳不孝顺。舅太奶奶那时就已经很老了，她从不玩牌，但喜欢在一边看。等到他们为了一把牌的输赢争得面红耳赤的时候，她就在一旁劝架。实在劝不了，便背起筐，说，时间不早了，她得去给牛打草了。有时矛盾也并非都因为牌本身，而是一些传来又传去的闲话。争得热闹时，树上会忽然掉下来一颗杏，好像在说，人劝不了的架，树来劝。

我那时对老年人总是会生出一种由衷的亲切来，总觉得他们有意无意在演绎着我们的未来。为此，我帮奶奶生火，让一缕炊烟从杏树下老人的眼眶里升起，让他们看到我时，从神情里产生出一种欣慰。

十二岁那年，我在外村住校，因为头疼，请了假翻山越岭回村。那天，杏树下，一个人也没有。奶奶坐在炕上直流眼泪，等我叫她时，她伸出那截变短的舌头，"乌拉乌拉"地说着我听不懂的话。一旁的母亲告诉我，奶奶中风了。

奶奶自幼丧母，父亲和哥哥又早亡。她跟着姊姊长大，也像男孩子一样上了私塾，后来还去别的村庄读书。悲惨的身世和那些古诗词、戏曲的滋养，让她比大多数人的情感更丰沛。印象里，她总是在哭。而她爱哭的特点似乎也顺着血脉淌到了我身体里。那一天，我们抱着彼此痛哭，让每一个走进那间土窑洞的人都两眼泛潮。好在输了几瓶液，奶奶便好了起来。只是，她再也不能去地里，而是坐在树下看着来来往往的路人，猜测他们是谁。她的眼睛花得厉害。

现在想来，杏树的状态似乎真有某种预言性似的，那些年的茂盛与树下的欢乐相得益彰，在它开始衰败之后，树下的人似乎也真正迎来了自己老年中的另一种命运。

杏树下，不知道什么时候起做起了减法，有些老人常坐的位置就那样空了下去。我开始惧怕去杏树下，我害怕那个身体孱弱的奶奶，害怕她昏黄目光里通往的地方，尤其是在那几个身体壮硕的老人去世之后。我从奶奶越来越弱的身体里看到某种不可抵挡的分别。

奶奶在晚年变成了一个收集的行家，她收集所有没有用的布块，将它们拼成门帘、被子、炕上围墙的遮挡，她收集所有遇到的洗衣粉袋、方便面袋、零食袋，将它们裁剪、折叠成一个又一个的三角，为我拼制成书包，让我成为学校里人人羡慕的对象。她也把早年的记忆拼制成新的感受分享给我听。几乎所有在别人看来无用的东西，她都拼成了新的花样儿。可我却无法聚焦到这些事情上来，欣赏她独一无二的晚年。我很轻易就陷入了她的眼神里。她眼球上的那些纹理，像是通往神秘世界的地图，让我惧怕，却又忍不住一遍一遍去看。

很多时候，六十几岁的她和十几岁的我坐在树下，有时杏花落在我头发上，她便凑近了去摘，然后紧紧攥在手里。

大约那棵杏树也拥有与我同样的心境，在奶奶最后的那几年里，它的发挥非常不稳定。有时开得很密，能完全把一大片土地遮住，有时又稀稀落落开几朵，象征性地结出几颗杏子，好像只为证明它是一棵什么样的树。那些年，有没有杏吃，我们完全无法预测，但姑姑们还是会准时聚到一起。在那座窑洞里，她们挤满了土炕，诉说着生活里的快乐或者不如意。我喜欢在这时挤在奶奶被窝里，或者倦缩在她的脚边，安静地听她们对话。有时，一阵山雨经过，噼里啪啦地敲打在窗棂上，似乎也想参与这场谈话。但姑姑们却猛地坐起，冲到黑夜里，去杏树下搬回几个板凳，或者蒲团。

十六岁那年，我去外地读书，跟奶奶告别时，她正坐在杏树下哭，我赶紧转过身，不敢看她。参加工作后的第一次回家，除了返程的路费，还剩几十块钱的零花，我便抽出二十块钱给她。她推辞半天，用暴着青筋的手拿着那钱，抹起了眼泪。直到我说，在异乡，我哪里都过得好，她才终于停止了哭泣。

最后的两年，她瘫患在床，我穿过长长的甬道，走进窑洞，奶奶正躺在炕上。我握着她枯瘦的手，却说不出一句话。在外地闯荡多年，我已经学会让眼泪在心里流。她一直在哭，嘴里说着此生很快会告别的话。从她的位置正好可以看到窗外的杏树，那参天的杏树在冬天里伸展着枝条，撑着整个灰暗的天，让人看起来，那么吃力，那么绝望。

那个春节，当我完成与她的最后一次告别，便下山，踏上了离乡的火车。第二天，我在千里之外接到了她离世的消息。当时，我刚买了一辆自行车。在陌生城市的街道上，我拼命蹬着车子，感觉一个又一个接连不断的圆正从大地上碾过。那些圆是巨大的句号吧，想到这里，我便无法让自己的双脚停下。

他们将奶奶葬在山梁的最高处，那里，想看清村里的哪个角落都不会费力气。可那棵杏树，却再也结不出果子，只长绿叶，像一个伤心到无话可说的人一样，到最后，竟连叶子也懒得长了。爷爷先是砍掉它的枝杈，后来砍掉主干，都用来生火。那炊烟一再升高，好像要努力往山梁上爬似的。

我不敢说，杏树果真能预言什么，但它与奶奶相伴一生，镶嵌于彼此的命运，相互连结、牵绊，也将这份牵绊延伸到了我们的生命感受里。如今，爷爷也走了，窑洞成了真正的空壳，但院子里，老杏树留下的枯木桩一直都在。

第二辑

时间谷

# 帮一只鸟过冬

一进门，孩子们便凑过来，争着问："妈妈，你怀里抱着的是什么？"

鹌鹑，我说。

他们之前吃过鹌鹑蛋，可见到鹌鹑本尊还是第一次，刚想上手摸，我急忙拦住了，让大儿子先把箱子里袋装的牛奶腾出去。小儿子也抢着帮忙。鹌鹑在我怀里倒舒坦，竟然丝毫不挣扎。孩子们说，它一定是把我当作妈妈了。他们总是很大方，把我借给很多动物当妈妈。养了仓鼠，我就变成了仓鼠妈妈，养了鱼，我就变成了鱼妈妈。此外，我还给两只猫，一条狗，两只兔子，一瓶子蝌蚪当过妈妈。要不是在那些蝌蚪长出后腿后，赶紧放了生，我没准还能当一回青蛙的妈妈。

我把鹌鹑放到箱子里，它开始叽叽叫起来，仿佛在配合我讲述与它偶遇的过程。就在我去菜市场的路上，看到一只灰棕色的鸟在那里蹦跶，它像迷了路一般，往东蹦几下，又往西蹦几下，最后蹦回到那棵光秃秃的香椿树下。我几乎没费一点力气，双手一捧就将它抓住了。

抓鸟这么顺利，让我很有成就感，我之前还徒手抓住过一只健康的麻雀，过了一夜便放生了。家里人一直笑我：上辈子定是一只猫。但接下来该怎么办，却成了问题。我抬头四下里看，想寻找它的主人。但什么也没发现，甚至没看到一只鸟笼子。这时，从远处走过来一位大叔，他一眼看出这鸟是鹌鹑，说，这么小，在外边肯定活不下来。当时，北风呼呼地吹着，冻得人发抖，我看着幼小的鹌鹑，便毫不犹豫地将它抱在怀里，带回了家。

孩子们围着鹌鹑看，我急忙弄了些水、米来。小家伙似乎有一些紧张，从箱子里飞出来，站在五斗橱上东张西望，很快，又落到电视柜上。等它巡视一番之后，我将它请进了箱子里。孩子们一起猜测它的身世：可能是妈妈南飞时，它一不小心掉了队；也可能粗心的主人将它弄丢了；或者它从菜市场卖禽类的笼子里逃出来的；也有可能它调皮，想出来吹吹冬天的风，结果找不到回家的路了……不管怎么样，我们决定，帮助这只鸟过冬。

家里有只鹌鹑，我们心里都美滋滋的。要知道，鹌鹑从宋代开始，就是许多画里的常客，它有"平安""安居"的美好寓意。就在不久前，我刚在陶瓷艺人那里淘来一只画着鹌鹑的茶杯。现在，竟然能与鹌鹑偶遇，也觉得是奇妙的缘分。我去了趟鸟市，特意挑了只竹编的小笼子，将鹌鹑请进去。我们隔着笼子观看它，它倒心安理得地吃喝起来。不一会儿，还打起了盹。孩子们蹲在地上，跟鹌鹑讲话，并且给它取名叫"吉祥"。之后，他们从网上查询各种喂养的知识，还知道在唐、宋时期，人们养殖鹌鹑就为了让它们赛斗，赛鸣，不禁替它们悲愤。

那天，邻居忽然叫我去她家一趟。一进门，我便看到客厅地上放着只笼子，一只鸟正在里边低头啄食。鹌鹑？我惊呼。她笑着说，这只鹌鹑来自她的河南老家，专门开车带回来的。她跟我一样，都是嫁到外省的姑娘，父母每遇到什么好东西便收起来，给她留着。老父亲在夏末的田野上溜达，不想，却跟一只野生的半大鹌鹑相遇，他急忙围追堵截，将鹌鹑抓住。老父亲在抓鹌鹑的时候就想到了，要用它来讨外孙的欢心。

城里孩子看见小动物，应该都会觉得新鲜吧。那只鹌鹑气性大，好在老父亲年幼时，就积攒了驯养鹌鹑的经验，不几天，它便习惯了人类奉上的各种食物，不再惧怕。

接下来，老父亲三天两头给她打电话，发视频，告诉他们与那只鹌鹑有关的种种细节。国庆节，这只鹌鹑便作为礼物，一路跟他们北上，带回了家。现在，她儿子时不时给姥爷打电话，汇报鸟的情况：给它清理笼子了，给它洗澡了，让它走出笼子放风了，它开始下蛋了……她没想到一只鸟会成为祖孙俩的纽带。这只鸟也像钥匙一样，将她的记忆打开，让她想起了少年时在庄稼地里劳动、玩耍的情景。

因为鹌鹑，我们两家的孩子便走得很近，他们在一起讨论饲养鹌鹑的注意事项，甚至想象着，以后让它们结为姐妹，或者夫妻。因为谁也不知道，寄居在我家的鹌鹑吉祥到底是公是母。

吉祥的胃口很好，很快就长了一大圈儿。我从网上查了资料，说它五十天便已经成年。后来，它的叫声也发生了变化，开始"咕咕"地叫，仿佛说着我们听不懂的语言。整个冬天，屋里的暖气都很好，连花朵都误以为春天来了，争相开放。我们不时把吉祥放在窗边，让它沐浴阳光。在孩子们眼里，吉祥不光是一只鸟，还是一个家庭成员。他们为它清理粪便，编以它为主角的童话故事。在他们心里，吉祥看似单一的叫声，也有着丰富的含义。在最冷的那些日子，寒风狂拍着窗户，雪花纷纷扬扬飘洒在大地上，孩子们总会抚摸着吉祥的羽毛，庆幸它没有在野外流浪。

那天，大儿子忽然惊叫："妈妈，快来看！吉祥在撞笼子。"

我急忙走过去，只见吉祥正一下下往笼子的竹条上撞击，我们猜想它渴盼自由，便打开了笼子。只见它迫不及待地蹦出来，在屋子里踱了几步，便扑腾着翅膀起飞。孩子们说，它是把房顶当作暂时的天空了。

吉祥体验了自由的快乐之后，便不再喜欢待在笼子里。有一次，我们出门，回来看到它几乎要把自己的头部撞伤。这与邻居家那个驯养的野生鹌鹑完全不一样。我们只能想，或许一只鸟有一只鸟的志向。

我猜测，可能是因为屋里太过温暖，让吉祥误以为春天来了，大自然在召唤它呢。我们便商量着，等到春天，就把吉祥放归大自然。然而，两个孩子却因此发生了分歧。大儿子认为鸟是大自然的精灵，我们自然要把它送还大自然。小儿子觉得吉祥是我们的家庭成员，把它放生就等于把它赶出家门。但最终，我们还是说服了小儿子。

于是，我们一边盼望着春天的来临，一边又惧怕着与吉祥的分别。

直到窗外绿化带开遍了粉色的桃花，我才选择一个阳光和暖的日子，拎着笼子出门。吉祥大约感受到了春天的召唤，兴奋地蹦跳着。我打开笼子，吉祥便蹦出来，它试探性地迈了两步，怕我们后悔似的，几乎没有迟疑，展开翅膀便快速飞走了。我探寻着它的身影，却不见任何踪迹。资料上说，鹌鹑飞不高也不远，但大约是那颗对自由迫切渴望的心，让吉祥打破了自己的极限。

我在心里默默祈祷，希望它能不被其他人捉到，希望它能找到自己的同类，希望它能免受饥饿和危险。

第二天早上起来，我不由自主地又先去抓一把小米，等走到客厅才想起，那只叫吉祥的鹌鹑已经走了。它把这名字像一件外衣一样脱下，扔给我们一家人，只为了想念那个有它的冬天。

好长时间里，我的小儿子每每看到其他的鸟雀，还会追问："吉祥什么时候飞回来？它怎么不回来看看我们？"我总是告诉他，或许吉祥回来过，它没准站在我们看不到的高处，远远看到我们过得很好，就安心地飞走了。自此，孩子路过一棵棵树的时候，常会露出甜甜的微笑。他说："万一，吉祥正在树上看着我们呢？"

# 探险时间谷

跨过那条河流的时候，我常喜欢看两岸的崖壁。哪怕大人们说，河流像妖怪一样喜怒无常，上游的洪水忽然冲下来，能瞬间把几头牛冲走，我也总是迟疑着，舍不得离开。

悬崖上的树木千姿百态，有的树干分了叉，有的树干拧来拧去，没准儿会把枝条伸向哪里。仿佛这些树正在跳一场舞，在我注视的时候，它们临时停下，所以什么动作都有。崖壁上时常有鸟叫，有时候还会悬起一颗人头那么大的蜂窝。我便胆子大起来，梗着脖子问，它们怎么不怕妖怪呢？

大人们看我满脸不在乎的样子，并不过多解释，但每次都照例催促着：快走。

我在纸上画河流的走向，并想象那里有什么样的树木和石头，我甚至向梦境偷拿了不少素材，使画面变得更加丰富。比如，在崖壁上加了这样那样的花，在山崖上加了耕地的大人和张大嘴的小孩。表哥看到了，一眼认出耕地的是姥爷，而一旁则是我在唱歌。其实，我画的并不是具体的某个人，并且那小孩并不是对着河流唱歌，而是与回声对话。

我看到的只是河流的局部，我穿过某一个横截面，它其余的面貌是什么样子呢？它真像大人说得那么恐怖吗？对它的好奇已经膨胀到了极点。终于，在一个暑假，我叫了表哥、表姐、表弟一起去河流探险。

那天，我们一吃完早饭，便出发了。临下山时，还在路口摘了些苹果，一人一个，啃起来。姥姥养的那条黑狗老远跑了来，摇着尾巴跟着我们走，怎么也轰不回去。

干脆让它跟着吧，它可是撵兔子的高手。

一路到河底，因为干旱的缘故，河里的沙子、石子全部裸露出来。两岸的山崖时而靠近，时而疏远，各种大大小小的鹅卵石铺满了河道。不时就会有一块巨大的石头挡住去路，我们爬上去，往下出溜。又遇到一个，再爬上去，却发现前边是个看不出深浅的水坑，只好跑到石头的边缘，顺着另一侧的缝隙跳下去。

在山里，水是稀缺物。我们新奇地往跟前凑，却从水面上看到了自己的脸，背景是蓝天和草木丰茂的山崖。这时，一块石子落进去，影子变成水花，一圈圈向外围扩散。大家擦拭着溅到脸上的水，哈哈乐起来。表哥快速转身，把扔石子的表弟按在地上，吓得他直求饶。我们从一旁捡了截枯枝，一点点试探，发现这水坑并不深，便脱了鞋子，坐在一旁的石头上，光脚踢腾得水花四溅。河谷里回荡着我们嬉闹的回声，仿佛也有一群别的孩子在暗处玩耍、打闹呢。黑狗警戒得很，对着四周吼起来，顿时，便又传来狗的回声。就这样，黑狗气得前腿绷直，转起了圈儿，跟自己的回声吵架。

我心想，大人们的吓唬不过是为了让我们加快速度而已。他们总是说，快点，快点，不管我们多快，他们都不满足。再说，这里哪有什么喜怒无常的妖怪，莫不是那回声把他们吓住了？我们一边猜测一边哈哈大笑。

一棵半大的松树长在两块石头之间，不知道它是从上游冲到这里安了家，还是一颗种子在这里偷偷发芽，最终长大了。反正，那两块石头，像两个胳膊一样，合力围住，好像有意在挽留它似的。这松树会不会像贪玩的我们一样，日思夜想，要去别的地方看看。

　　走着走着，上边的山崖忽然挨得近了，它们形成的缝隙简直是"一线天"。一些植物漫不经心地垂下，不时从中飞出几只鸟。我当时想，如果此刻，站在山崖上，一定能从此岸跳到彼岸。后来，我从山上找过好几次"一线天"，企图完成一次跨越，然而，等我走近了，才发现两岸间最接近的地方，也有不到两米宽的距离。想过去，怕是要拥有驾驭空气的神功了。也或许，是我找错了地方。

　　让我惊讶最多的还是石头吧。石头围成的城堡，可坐可躺，可在上边晾晒我们这一路走来的疲惫。那么巨大的石头，被磨得异常光滑。那是多少年的洪水，多少年的风，才把它打磨成今天的模样的。石头和石头挤在一起，形成不同的风景。我搜肠刮肚也找不出可以赞叹它们的词语，只是在后来向别人描述当时的惊叹时，说，它们可真大啊，那么大，竟还那么光溜；它们排列的顺序也好看，像是谁有意安排好的……但从听者的眼神里我就很清楚地知道，有些感受是无法像运送货物一样，完整地传递给他人的。

　　那天坐在石头上，看着崖壁上一层一层的石头镶嵌其中，我忽然感觉远古的时间就被压制、储藏在那里。石头中间，没准隐匿着许多生命的祖先呢。河谷里忽然就涌来一股凉风，像是刚刚制造出的新鲜的时间。于是，我在心里偷偷为这河谷取名为时间谷。并且暗自起誓，以后定要拿着照相机来拍下这奇妙的风景。

　　我们还在这河谷里看到成堆的蜗牛壳，看到蛇蜕下的皮。它干巴巴的，被遗弃在一丛水蒿旁边，像是一截细长的塑料袋。在拐弯的地方，出现了一个洞，我们站在洞口，看到贴墙爬着几只老鼠，再细看，不是老鼠，是蝙蝠。我们把这洞称作"蝙蝠的家"，还坐在它家门口的石头上聊起了天，黑狗却一直抬头盯着它们看，不时发出哼哼唧唧的声音。

就在我们猜测这河通向哪里时，头顶忽然响起一声巨大的声响："干啥呢！"回声四起，吓得我们一激灵，急忙站起身。他又喊道，看河水来了，把你们冲跑！快走！我们这才看到，山崖上草木的掩映之下，站着一个人。通过不断传来的铃铛声可以断定，他是放羊的。我们回答，玩呢。哪知他又是一顿呵斥，说这里太危险，不能玩，吓得我们赶忙离开了河道。我们怕的并非什么所谓的洪水，而是他说话的口气。

我们心里怪那人多管闲事，但又不敢再回去。一抬头，看见了山顶的古庙。那是一座巨大的建筑，那样一个道路不通的山尖上，却矗立着雄伟的庙宇。我们这里称他为北顶。我只去过与它相对的南顶，规模比这边小一些。黑狗好像懂我的心思似的，它已经跑向那条通往山顶的小路。我们跟过去，它却直往林子里追，好半天才返回来。这才发现，它其实是在追兔子。附近长满了柴胡和野韭菜，不时也会冒出几株鲜红的彼岸花。

我们一直爬到接近古庙的地方，站在古庙石墙的阴影里，才忽然住了脚步。可能是因为石墙对于我们来说太过威严，大人们给的警告忽然就起了作用：庙里可不是玩的地方。黑狗走在前头，看我们停住，又返回，站在脚边伸长了舌头哈气。好一会儿，表哥才说，要不，我们回去吧，不早了。我的肚子很配合地咕咕叫了两声。

我们沿着小径返回。一路摘各种野果吃，也不觉得饿了。慢慢悠悠晃到接近田地的地方，忽然听到大人们正撕心裂肺地喊我们的名字。表哥一脸惊恐的样子，边走边说，你们就说是我带你们来的，知道吗？我说，是我让你们去的，再说，河谷里有什么可怕的？表哥却瞪着我，闭嘴，你别说话就对了。

我们在东边的柏树下跟姥爷碰了面，那棵树的根部分离成两段横着插进土里，两截树枝中间形成了一个上下通透的洞。之前过家家的时候，大家都将它当作厕所。姥爷就在这"柏树厕所"旁把我们拦住，气得声音发抖。他说，这座山只有他们一家人，山里的狼虽然少了，但偶尔也会出没，蛇也很常见，又到处是密林和山崖……姥爷将我们教训了一通，连黑狗都被吓得一动不动。直到姥姥过来，拉着我们说，先回家吃饭吧。姥爷高高抬起的手才放下。

后来听说，表哥和表弟们都挨了他们父母的打，但他们最终也没把是我提议去河谷里的事儿说出去。背地里，我们始终他们是小题大做了。

一个响晴天，我们正在屋里玩耍，忽听得一阵巨响，抬起头看天，也不像是打雷。姥爷忽然叫我们出去。他带我们去山崖前，只见一股巨大的洪流在河谷里奔涌。我们惊呆了，眼看着它在崖壁上横冲直撞。我甚至担心那棵被石头拦住的松树，这次会不会随着洪水去了远方。我为那些河谷里的植物、鸟、蜂和蝙蝠担心。

这河水有苹果树那么高吧？表弟问。

表哥纠正道，应该比房子还高了。

洪水呜咽着，咆哮着，发出令人恐怖的声音。明明是晴天，我终于见识到了大人们所说的"妖怪"。

姥爷转过身看着我们，说，好几年也不会遇到这样一次洪水，但遇到了，跑都跑不掉。这洪水常常丝毫没有征兆，尤其是在雨季，我们这里是晴天，但上游却因为暴雨形成了洪水。我们直点头，庆幸探险的时候，没有遇到洪水。雨后，我们沿着河岸串亲戚，才发现，那些在岸边居住的人家，要么房子破了一大块，要么丢失了农具，要么丢失了一些牲畜，有的甚至丢了整个柴禾垛……看到那触目惊的场面，我们开始感谢起那位陌生的放羊人来。

然而，对河流的向往之心不时就会作怪。我常问姥爷，雨季不要在河谷里过多地停留，那深秋呢，下雪天呢？他们说，下雪天就算了，秋天可以去，但须大人跟着。

以后的许多年里，我常会梦见那条时间谷。我在梦里描画它，也在梦里抚摸那里的石头，树木和崖壁。甚至还梦见忽然有洪水袭来，将我裹挟到了远方。好多时候，我都感觉我逝去的少年时光，被寄存在那条河谷里，等着我从梦中取出。

我再也没有机会重走那时间谷，但沿着河岸，我一直陪伴它走向了山外。同时，还有几支山间的溪水、泉水汇聚其中，虽然水流不大，却一直存在。后来，从一个很有见识的老人那里得知，这河流一直通往汾河，再流向黄河。我才明白，原来，故乡的水，像我们一样，也有那么远的路要走。

# 拽着牛尾巴的神仙

　　山路太过陡峭，我累得直喘气。舅太爷说："你拽着牛尾巴，让它拉着你走吧。"他把牛尾巴紧紧攥住，步子顿时轻快起来。这样向我示范一遍之后，才将牛尾巴递给我。

　　其实，我早就羡慕他，在漫漫盘山道上，植物的颜色四季变换，唯有他每天傍晚赶着几头牛回来，拽着最后那头牤牛的尾巴，出现在这风景里，好像周围树木的色彩都是为了装点他和那几头牛似的。牛也听他的号令，他说"喔——"，牛就停下，他说"驾——"，牛就加快步伐。他与牛和谐相处的场面，总让我觉得他像一位老神仙。

　　舅太爷常戴一顶帽子，就连夏天都要穿一身薄棉衣，那黑帽子也总顶在脑袋上，好像人间的热风根本吹不进他的身体。虽然大家觉得他是个奇怪的老头儿，但都喜欢他拽着牛尾巴行走在山坡上的样子，那样悠然自得，一脸神气，让所有的小孩儿都眼馋。

　　我试探性地靠近牤牛，生怕它不乐意，把我一脚踹翻在地。但舅太爷说，快来吧，攥着！我几步上前，抓住牛尾巴，却吓得心脏"扑通扑通"狂跳。那牛似乎感觉到了我的惧怕，越发张狂起来，四只粗大的蹄子来回捯得飞快，我不得不加快步伐，感觉再走得快一些，就会双脚悬空，飞起来。而路的另一边就是悬崖，我放也不是，抓着也不是，忍不住尖叫起来。舅太爷见状，一声呵叫："牛！"只这么一个字，它立马就懂了舅太爷的意思，步子放缓了许多。到了平坦些的地方，我立马松手。牛回头看向我的时候，我感觉它那两只向上的大犄角，真像两把专门吓唬人的匕首。

舅太爷笑，他拽着牛尾巴，仿佛脚底生风一般，整个人都透着仙气，而牛也安生不少，不快不慢地走着。总有人说，这牛成精了，能听懂舅太爷的话。

倘若舅太爷放牛回来的时间不太晚，他会坐在村里的大石碾子上休息片刻，牛也给面子，在路边慢慢啃草，啃一会儿，停下，站着看他，仿佛是在等待。

放了学的孩子们便会齐刷刷涌过来。他那么喜欢小孩子，怎么能走得动。于是，各种色彩的布头拼接的书包放置在石碾旁边。他讲起故事来，说在山下的河里遇到一条白蛇，蛇去泉眼处喝水时，他也正在那里喝水，吓得他把铁桶扔掉。又说，从河滩上走过时，他遇到了另一条蛇，与它对视好半天，最后竟能相安无事。在他描述的口气里，蛇仿佛要给他什么启示似的。究竟是什么启示呢？ 他却始终没有说。看大家听得不过瘾，他又讲，在河边烧水时，一只兔子匆忙跳了进来，不偏不倚，正好跳进他烧水的铁桶里。他急忙把兔子拎出来，放到河水里降温。那兔子身上已经烫掉了一大块皮毛，可能又疼又害怕，直挣扎。舅太爷只好将它放掉。

舅太爷的故事似乎只描写现象，而且多是些片段，没有什么特别曲折的经历和离奇的结尾，但我们还是很爱听。这些故事像种子一样，在每个孩子的心里生根发芽。一闲下来，我们就会猜测那蛇是什么来历，那兔子会不会回来报恩……总之，我们的想象如藤蔓一般缠绕着。

清早，还没去山里的时候，那头牤牛总被拴在一棵巨大的老椿树下，看见外人来，它瞪着眼睛，鼻子里喷着粗气，脑袋晃来晃去，两只锋利的牛角吓得人不由自主倒退两步。在我们眼里，它比一只看家的狗还要凶猛。但舅太爷一出来，它顿时变得乖巧起来，甚至还轻嗅他那双干枯的手。

我缠着舅太爷，暑假一定要跟他一起去放牛。他欣然答应。

那时我家有一大一小两头牛，是一对母子牛。基本上都是靠母亲割草喂养。事实上我感兴趣的并不是放牛，而是渴望遇到他说的那些动物，并且像他那样在野外吃东西、烧水。为此，我前一天就开始准备去山里的吃食，苹果、馒头等装了满满一大包。当我出现在村口的时候，他一再要把那沉重的布包接过去，但我为了证明自己是个大孩子，不会给人添麻烦，坚持要独自背包。等下了山，走到河边的时候，后背都湿透了。

那头壮硕的牤牛自然而然成了几头牛中的领袖，带领着牛群钻进了茂密的树林。舅太爷却不着急，只在听到铃铛声跑远的时候，冲着林子里吆喝一声。他坐在一块大石头上，跟我说着话。而我却四下张望，一遍遍问他什么时候开始生火烧水。其实，我并不口渴，而是对在野外生火烧水充满好奇。

我跟在他身后，走过沙滩，踏过一片鹅卵石，终于找到了可以饮用的泉水。他从一旁捡了一些枯枝，用干枯的茅草点燃，河滩上便升起一缕炊烟。他从布包里掏出一个铁桶，挂在一截粗些的树枝上，架在火上烧。舅太爷说，不要浪费了火。说着，便从包里掏出馒头，又找一截细些的树枝把馒头穿上，放在火上烤。我学着他的样子，也将馒头穿起来，靠近火苗。

我忘了那天烤的馒头、烧的水究竟是什么味道，只记得当我拿出苹果的时候，他说，来山里还带什么水果？说完，他站在高一些的大石头上吆喝一声，直到听见牛脖子上的铃铛声越来越近，确定牛没有跑远，才放心地带我钻进了树林。我们穿过隐隐约约的小路，眼前出现了一棵樱桃树。鲜红的樱桃繁茂得让人惊叹。我从没在山里吃过那么甜的樱桃。一旁，还有一大片大颗大颗的覆盆子……现在想起来，我都会忍不住吞咽口水。那天，我并没有看到兔子，也没有看到蛇，只看到一只很大的鸟呼啦啦从牛经过的地方起飞。舅太爷说，那是野鸡。

我终于知道，放牛的时光并不总那么有趣。大部分时间，放牛的人都需要独处，一个人与山林无语交流，人与牛在大山里展现一次次的信任与默契。我开始催促着回家，每过几分钟就问一遍，什么时候走？现在几点了？舅太爷没有表，他用自己的直觉判断时间。最终，他还是为了我，提前踏上回村的路。

后来，我再也没跟他去山里放过牛。几年后，我去外村上学，周末回来时，遇到他正好放牛归来，坐在石碾上跟小孩儿们讲故事呢。他说，前些天，他回来晚了，虽然晚，但他并不害怕，再加上天上还有月亮呢，他拽着牛尾巴不紧不慢地往前走，这时，牤牛的速度快起来，他连连呵斥都不管用。身后，忽然有人喊他的名字，又有一股冷风袭来……之前，我从未在舅太爷嘴里听到过这种风格的故事，因此，便相信这是真的。再看到他脸上的确有一块蹭破皮的地方，就更加深信不疑了。

一直到八十多岁，舅太爷还坚持去山里放牛。他的牛换过几批，但总有一头让他训练得可以拽着尾巴上坡。直到他病倒，才不得不把那些牛卖掉。我去他家，还是会习惯性地看看门口那棵椿树。在树干的低处，被牛啃光了树皮的地方，露出光滑细腻的木芯。而牛曾卧过的地方，大约因为肥料的滋养，变得野草繁茂。

那年春天，舅太爷已经行动不便，但透过窗户看到田里有人在忙碌时，他便坐不住了，央求儿子用三轮车拉他到田里去。他说自己虽然不能站立，但爬着也能把所有玉米种上。那时，他多么渴望，能有一根强有力的牛尾巴将他拉起，逃离那土炕，去亲近山林与土地。他儿子自然没有答应他的请求。可听到他说的话后，我还是忍不住落了泪。不久之后，他还是去世了。

现在，村里很少有放牛的人家，原来的石碾也消失不见。站在那里，看向远处的山坡，我恍若看到一头牛正拉着一个老人往前走。假如，那一刻，有小孩子围过来的话，我想，我会告诉他，我在山坡上看到了一个拽着牛尾巴的神仙。

# 那朵云在说什么

## 我有哥哥

在小树林里，童宝弯下身子，正在看一朵开在雪里的小花。那是一朵蒲公英，它的黄色在白雪的映衬下，显得更加鲜亮。那朵花几乎是贴着地面开放的，可能因为天气太冷，它只长了短短的一截花茎，就像人在寒风里缩着脖子一样。

童宝围着它观看，用小手轻轻地抚摸着，眼神里充满了怜爱。他说，他喜欢这朵小花，又问我，小花的哥哥在哪里。于是，我们在周围找起了这朵花的哥哥。在童宝的世界里，所有动物和植物都应该像他一样，有个哥哥，否则就是不完整的。它在路边看到一只小虫子，要询问它的哥哥在哪里，看到一棵大树，也要询问它的哥哥。甚至看到一大一小两件器物，他也会认为，那就是兄弟俩。假如，只有一件器物，它却没有"哥哥"，童宝一定会为它感到遗憾。在它心里，蚂蚁，飞鸟，或者天上的云，甚至路上的车痕，所有看起来不相干的事物，它们都应该有一个哥哥，如果没有，那它们自己就应该是哥哥。

它们有弟弟吧？他这样问我。如果我说，没有，他会极力否认，并且一次次纠正我，妈妈，你说有，它有哥哥，或者，它有弟弟！

很长一段时间里，他把哥哥当大人。哥哥，你来看着我！哥哥，你可不可以陪我睡……哥哥，你给我念书听，好不好？我不认识字。他哥哥庭子也都欣然答应。

每次，当我问起，你爱妈妈吗，他总会很快回答。但答案是这样的：我爱爸爸、妈妈和哥哥。甚至有段时间，他还说，我是爸爸、妈妈和哥哥三个人的孩子。那是因为，这三个人都是他生活里的保护伞。

在上幼儿园之前进行视频面试时，老师让做自我介绍，别人都在介绍自己的喜好，童宝却骄傲地说，我有一个哥哥！接着，他飞快地跑走了，我以为他是因为害羞，不愿意配合这场面试。结果，不一会儿，他从卧室里把哥哥拉了来。对着视频那边的老师说，这就是我的哥哥。庭子只好对着镜头打了个招呼。

更小一点的时候，我带着他一起去送庭子上学。庭子转过身挥手告别，走进学校的大门，接着在楼梯口消失了。童宝那张小脸上的表情从欢欣立马变成了委屈，眼泪大颗大颗地流下来。他趴在我肩膀上，难过地说，我不想让哥哥上学。我向他解释，哥哥长大了，不上学怎么可以呢。他身子前倾，手指着教学楼的方向，说，我也要上学，陪哥哥上学！在他心里，只要跟哥哥在一起，总是好的。

暑假的时候，庭子跟他的朋友们在小区里玩耍，童宝也凑过去，他不时抱着哥哥的腰，拉着哥哥的手，跟大家喊一声：这是我哥哥！好像是在宣示主权。他甚至劝我，妈妈，你快回家吧，哥哥看着我就好了。你可以回家去工作了！

我要去取快递，邀他同去，他也会像个小大人一样，向我挥挥手说，妈妈，你自己去吧，哥哥陪我玩。而他俩面对面坐在地毯上，拆装玩具，在他们编造的虚拟世界里玩耍，时不时发出阵阵笑声。我在门口喊，你确定不跟我去吗？他却大声回应，妈妈，再见！你要保护好自己哦。

在童宝心里，"哥哥"是小朋友成长到一定阶段的标准。当他跟餐桌比过高度，发现已经超出它许多之后，脸上露出惊喜的神色，向我们声明，他已经是位"哥哥"了，连走路的时候，都表现出一种小小男子汉的神气来。其实他并不理会"哥哥"的真正含义，当在外边遇到陌生人夸他乖时，他便会仰着头说，我都是个哥哥了！满脸的骄傲。

有时候，我们坐在一起讲以前的事情，或者看一些过去的照片。他看到在妈妈怀里幼小的哥哥，便问，我在哪里？我说，你那时候还没有出生。他完全不理解这样的解释，在他看来，怎么可能有那么漫长的时光，他都没有跟妈妈在一起呢，这太可怕了。

他说，那时候，我在你肚子里呢。说着，他却瘪着嘴，一副快要哭的样子。

我借机转移了话题，问他，你那时在我肚子里做什么呢？

睡觉，听你说话，吃你送进肚子里的食物。你肚子里黑咕隆咚的。

那在我肚子里之前，你在哪里呢？是在天上吗？我问。

他回答，不是在天上，云和月亮、太阳还有星星才在天上，我就只是在你肚子里。妈妈，我在你肚子里睡觉的时候做过一个梦，梦见爸爸去上班，哥哥在喝牛奶，你在上厕所，还梦见你们聊天了，你们说，童宝怎么还不出生啊！

看到挂在墙上那张婚纱照，童宝很肯定地说，这是爸爸和妈妈结婚的时候，那天，哥哥在家里看着我，你和爸爸就出去结婚了。

后来，他又问我，妈妈，你小时候，我在哪儿呢。但还没等我回答，他便自己说道：你小时候，我也跟你在一起呢。我说，可妈妈那时候也只是个小孩儿啊。他说，反正，我一直跟妈妈在一起。说这句话的时候，他眼神放光，格外真挚。其实，我知道，他想表达的是"永远"。

好吧，我说，我相信。我相信，在我还是小女孩的时候，你们就已经作为上天对我的馈赠藏在时间的节点里，等着我长大，等着我完成对你们的孕育，让你们降生，就好像，这一切都是注定的一样。

童宝也问过我，你有哥哥吗？我说，没有，但是我有弟弟。他对此表示同情，并且安慰我：我有哥哥，我和我的哥哥都会爱你，保护你。但是你要说，谢谢两个小哥哥。

其实，亲爱的小孩，这句话我在心里已经说过很多遍了。那就再说一次吧，谢谢你们，两个小哥哥。


## 小药丸和小卫士


有时候，我会怀疑，孩子们的舌头就是一小株专长甜言蜜语的树。以前庭子就是这样，一天天地表白，现在，童宝也会扑进我怀里，说，妈妈，我把腿收起来，缩成小小的一团，钻到你怀里，就可以变成一个小药丸，专治你的不开心。听到这句话，我心里立马暖洋洋的。

童宝还会说，妈妈，你胖乎乎的，可胖乎乎的最漂亮，你千万不要减肥。他说，我的妈妈是世界上最好最漂亮的妈妈，我爸爸也是世界上最帅的爸爸，我哥哥是世界上最帅的哥哥。有时候，他还会把这几句话编成歌来唱。他眼里冒出来的那种光彩，让我们都非常受用。

每天早上睁开眼，童宝准会说，妈妈，我爱你，妈妈，我满意你。晚上睡觉之前会再说一遍。有时候因为什么玩具玩得太专注，他感觉忽略我了，也会专门跑过来说一声，妈妈，我爱你。说完，还会用小手"比心"，再说一遍。那只白胖的小手做出"比心"的姿势，像枪一样对准我，嘴里像不断吐出子弹一样，说着，爱你，爱你，爱你……，我像一个被蜂蜜子弹射中的人，心里一阵松软、甜蜜。

等奶奶来了，他也是如此。坐在奶奶怀里，说，奶奶，我好想你，好爱你，我满意你。奶奶作为一个七十岁的老人，她的丈夫与孩子们对情感的表达向来是含蓄的，每次听到这样的表白，都会乐得合不拢嘴，白头发乱颤，然后用唐山口音特有的腔调笑着回应，奶奶也爱你啊！

童宝还会仰着小脸问庭子，哥哥，你爱我吗？庭子便回答，爱！

这样一片祥和的场面让人感觉温馨。但有一段时间，童宝变得叛逆，他开始对哥哥的所有东西好奇，并且对它们进行大规模的占领。这个玩具是我的，那个玩具是我的……这些是我的，那些也是我的！他甚至会区分，这间卧室是我的地盘，那间卧室才是哥哥的地盘；也会说，妈妈是我的地盘，爸爸是你的地盘。庭子眼看着许多原本属于自己的东西被弟弟占领，觉得委屈，有时也会生气，甚至被气哭过。我们引导童宝，不可以这样做，有些东西的确是哥哥的，你如果需要，我们可以给你买。而有些是你们两个的，比如爸爸和妈妈……

每次，接庭子下学，我都要为二孩生活里留下的一些问题做细致的修补，带他买想吃的食物，像朋友一样跟他谈心，让他知道，有了弟弟之后，他同样重要，甚至更加重要。后来的一天，他告诉我，妈妈，我发现有个弟弟真的很好。有段时间，我觉得有弟弟会让我失去一些东西，但现在我发现，有了弟弟，他会缠着妈妈买一些东西，而且一买就是两份，时不时就有意外惊喜。他还总会站在我这边，替我说话。还有一些看似幼稚的游戏，跟弟弟一起玩，就不觉得幼稚了，简直是借着看弟弟的名义，让自己开心！就像是把童年又复习了一遍似的。

等童宝上了幼儿园以后，两个分别一天的小孩变得格外亲昵，大部分时候，他们不再区分你的我的，愿意共同享受家里的一切。庭子甚至会用自己的零花钱在网上给童宝买他喜欢的玩具和吃食。在童宝面前，他越来越少用"我"，主语几乎都换成了"哥哥"，哥哥帮你，哥哥看看，让哥哥想想……

每次，童宝去超市，如果身边没有哥哥，我允许他买零食的话，他一定会伸着两只小手，一边拿一个，并一遍遍说，这个是我的，这个是哥哥的……等回到家的时候，他又这样上演一遍，把所有东西都分开，留给哥哥。他们习惯了惦记着彼此，而作为哥哥的庭子见证了童宝的成长。他不知道，是因为他的成长和宽容，才让弟弟在他的目光里变得格外可爱。在他收获童宝表达自己爱意的时候，我总是会提醒庭子，来，夸夸童宝，或者，对他说谢谢。因为这些夸赞的词汇，童宝享受到了一种给别人惊喜的满足感。当得到庭子的帮助时，他也不忘说，谢谢哥哥。哪怕在最亲的人面前，感激之心也会成为爱和美好的加油站。

我们陪庭子去打疫苗，一向害怕打针的童宝忽然站起来，急忙对护士说，这是我的哥哥，你打针的时候一定要轻一点。等庭子打完针以后，他守护着哥哥，看着他的脸，关心地问，哥哥，疼不疼？我好心疼你。这让庭子非常感动。

假期里，庭子自然而然变成了我的小帮手。在我忙碌的时候，他带着童宝在屋子里做游戏、玩玩具，哥俩也挤在一张大椅子里看动画片，或者坐在沙发上以同样的姿势吃某种零食。他们的五官相近，坐成一排，感觉像摆在一起的套娃一般。庭子从来不吝啬夸赞童宝的语言，他说，你真是太棒了，你现在已经达到幼儿园大班的水平了。你可比哥哥厉害太多了！

出门的时候，庭子变成了守护弟弟的人，追在弟弟身后，时不时拉着他的小手。我总是站在不远的地方，用目光、用镜头记录着他们的背影。他们拥抱的样子，他们弯下腰观察小蚂蚁的样子，他们伸出手，指着树上的小鸟猜想、讨论的样子以及他们追逐嬉闹的样子……在一个母亲眼里，所有这一切，都是人间至美的胜景。

童宝总是睡得晚，我不得不跟着他的时间表走。某个清晨，我被庭子轻声唤醒，他说，妈妈，你起来吃东西吧。我睡眼惺忪，头发散乱，顺着他的手势看到床边正放着两个凳子，上边的盘子里装了煎面包片，煎鸡蛋，还有一杯牛奶。这竟然是这个十岁少年为我准备的早餐。

庭子不再像小时候，把表白的诗句挂在嘴上，现在，他把更多的爱意表现在行动上，比如，为我倒一杯水，比如为我捶背，为我端洗脚水。当我遇到一些不顺心的事情时，为我准备食物，并在盘子下边压一张为我打气、祝福的贺卡。我拥抱着他，说着感谢的话，泪水却偷偷流了出来。

我的孩子，你们一个是专治我不开心的小药丸，一个是用行动守护我心情的小卫士。这让我觉得，作为子妇女，哪怕我已经年近四十，也要像你们那样，不断把甜言蜜语送进父母的耳朵里。那些看似无用的话语，没准就成了专治他们不开心的药丸呢。


那朵云在说什么


那朵云在说什么？那棵树在说什么？树上的鸟在说什么？叶子呢，叶子在说什么？那堵墙在说什么？墙上织网的蜘蛛在说什么？小草们在说什么？足球在说什么？汽车在说什么？馒头在说什么？蔬菜在说什么？蔬菜上的露水和小虫子又在说什么……童宝总是这样问我。

在他的认知里，我们应该能倾听到世界上每一种生命、每一种事物的语言，尤其是作为妈妈的我，更应该听得比别人更真切。假如我回答得有一丝应付，他便会表示出不满意，让我重说。

爬城中那座凤凰山的时候，我跟在他身后，一边喘着气，一边替植物们说话，酸枣树说，嗨，童宝你好！我是你长在山里的朋友。

童宝说，嗨，酸枣树，你好。你在干嘛？

我代替酸枣树说告诉他，我在努力长酸枣呢？你在努力爬山吗？

对啊，我都没有让妈妈抱。我是一个大哥哥了。

我们爬到了山顶那座亭子，望着远处林立的高楼。童宝让我指给他看，哪一幢楼是我们的家。我指向东边，说是那里。他便问，我们的家在那里说什么？

它在说，童宝，我永远在这里等着你回来。

他对这个回答非常满意，高兴地挥着小手说，我和妈妈很快就回去啦！

在这场小小的旅行里，山上所有的小花，小草，甚至偶尔遇到的一只昆虫，都成了能开口说话的主角，都成了跟他交谈的朋友。等我们下山离开的时候，他会回转身，跟它们一一道别，并约定，不久的将来，他还会来这里看它们。接着，他会天真地问我，妈妈，那它们说什么呢？

它们说，好吧，童宝。我们会在这里好好开花，慢慢长叶，长果子，安安静静等着你下次再来。

对，它们就是这样说的。童宝点点头，表示认同。

在他上幼儿园之后，每个清晨，我都要骑着电动车送他们，第一站先要到庭子的学校，接着，再去送童宝。他原本是有些不乐意的，说上幼儿园也挺好，可就是太想妈妈了。他一脸严肃的神情，让我觉得很感动，但幼儿园还是要上的。这时候，他那些无处不在的大自然界的朋友可真帮了大忙。

你快看，太阳升起来了。它说，童宝，我可真羡慕你，可以去上幼儿园。

童宝说，因为我是大哥哥了。他说这句话的时候，好像也是在安慰自己。接着，童宝问，太阳也是个妈妈吧？她起这么早，一定是在送她的儿子们上幼儿园。

我说，对。

童宝指着天上说，那两朵云就是太阳的儿子。

就这样，太阳和我，两个母亲，在清晨完成了送儿子们上学的重任。

下学后，他在电动车上，感受着迎面而来的阳光和风，心情是愉悦的。他说，妈妈，风在摸我，阳光也在摸我。他们摸我的时候，在说什么？

他们说，童宝，你乖乖上了一天幼儿园，可真棒啊。你非常勇敢！

有一次下学后，我给童宝买了棉花糖，他在电动车上举着它，感受着整个世界带来的温柔。他说，我的棉花糖就像一朵云，软软的，今天的风肯定没吃饱，所以没有把棉花糖吹走的力气，它只是用很小的力气，摸我的脸。他沉浸在跟我分别一天之后相聚的喜悦里，对我说，妈妈，风和阳光都很喜欢我，天上的云也喜欢我，旁边的树也喜欢我，还有天上那个小小的白月亮也喜欢我。

对，还有妈妈，妈妈也喜欢你。我们都喜欢你。我说。

妈妈，还有我，我也很喜欢自己。他骄傲地说。

他这句话让我眼前一亮。我们通常流露自己的情感，往往只会表达对他人的喜欢与否，但很少有人会直接表达对自己的喜欢。我对童宝说，那可真是太好了。人喜欢自己是非常重要的事情。喜欢自己，对自己好，这很了不起。

　　每天晚上，童宝都会要求讲故事。我们的故事有的来自绘本和书籍，甚至一些网络上的音频，还有一些是我随口编的故事。在其中一个故事里，有只老虎，它住在遥远的森林，那里有许多其他的动物，但在老虎心里，最好的朋友是童宝。童宝和这只老虎是这一系列故事里永远的主角。而其他的场景和配角会随时变换。他们一起做小蛋糕，一起去救树上的鸟蛋，一起去蚂蚁窝里探险，他们一起开飞机，一起看雪。总之，这故事已经延续了两年多。童宝也时常参与其中，变成编故事的人。我还把他说过的一段话以诗歌的形式记录了下来，它是这样的：

　　《送给妈妈一朵花》

　　老虎想送给妈妈一朵花

　　可现在是冬天，没有花啊

　　它就挖开大雪

　　真看到了一朵穿着粉红衣服的花

　　我也想给妈妈送一朵花

　　我也去大雪下边挖

　　挖呀挖，挖到了一朵蓝色的

　　真是好漂亮啊

　　我假装收到了那朵蓝色的小花，小心地捧在面前，说，它可真香！童宝开心极了。但在我心里，我真的收到了这份珍贵的礼物，它那么香那么漂亮，像童宝的笑脸一样。

　　而倾听所有事物的声音，并非只是"童话"。前年，我回到故乡，看到大山里那些穿越冬季，在春天里慢慢变绿的植物，看到忽然蹬了脚下的树枝展翅腾飞的鸟，和那只在野草间直起身子向远处张望的野兔，一切都那么安详、和谐，我原本沉重的心忽然就获得了某种安慰。那一刻，我想起了童宝常问的话，它们在说什么呢？春风一阵阵吹来，拂过我的头发，而花香不住飘散着。那一刻，我能听得见，并且听得懂大自然里所有生命的语言。

我想，我的孩子们也许用另外一种方式打开了我内心倾听的触角，感受的触角。也或许，我曾经就听得懂它们的语言，只不过因为慢慢长大，我忽略了那一部分声音。而现在，它们又回来了。以后，我也会问问我的孩子们，那朵云在说什么，那块石头在说什么。我知道，那都是源自他们内心深处的回音。

# 住在一朵花里

　　山崖那边，是一块又一块堆垒起来的脚印般的田地。秋收以后，那脚印是土黄色的，裸露着大地的肤色，不久，又因为麦苗发芽，冒出一层绿色了，像哪个巧手姑娘绣下的鞋垫。等到了夏天，风一吹，黄色的麦子摇摇晃晃，在不同的地方形成一个个或大或小的漩涡。我总觉得那是大山的酒窝，对，是大山的表情。有时某些地里会冒出向日葵的黄。母亲吩咐我去喊姥姥，问苹果熟了没有，需不需要我们去帮忙。

　　我站在这边的山崖上，却不急着喊，而是从那炫目的黄里寻找一顶白帽子，但经常找不到。我不知道姥姥为什么要戴那么一顶白帽子，她不是少数民族，也不像是为了时尚。她那白帽子格外简易，倒过来放，就是一个直筒。她一年四季把它戴在头顶，让它成为她身体的一部分。以至于她去世多年后，我在脑海里怀念她时，那帽子总是比她的面孔更早跳到我眼前来。

　　直到今年回乡，我才从母亲那儿知道姥姥戴白帽子的原因，她早年得了一种"秃子疮"，头发大把大把地脱落，这让她格外烦恼，只好往头顶上围个白毛巾，三道道蓝那种，也围过花手巾。即便如此，她常躲在人后，有意用一切东西来遮挡自己的头部，直到大姨学会了做针线活儿，才给她做了顶白帽子。自此，一代又一代的白帽子渐渐与她融为一体，并且成为她的符号。

那顶白帽子不在向日葵地，可能在树林里。在茂密的林间，她卖力地够着连翘，挖柴胡，或者捡拾一段蛇蜕。她的动作轻盈，仿佛在给树的头顶捉虱子。一点不像那些山下的外来客，一边采，一边把树枝折断。甚至大镰刀一挥，把整个树冠砍下来，然后一路拖拽到路边的大石头上，盘了腿，一边摘，一边往一口大布袋里扔。她轻轻摘着，她养的狗仰起头看，嘴里伸出长长的红舌头。有几年，陪她的是猫。那猫格外矫健，能在丛林里跟兔子赛跑，跑赢了，就把一半兔肉带回家，另一半可能因为拖不动，就地解决掉了。它还能爬上树抓喜鹊，也把战利品送给姥姥。弄得姥姥急忙跑到院子里，伸着脖子往上看，一边教训在身后正在邀功的猫。喜鹊可不能逮！

有几年她放牛，牛在山坡上吃草、吃树叶，她在一旁采草药。牛脖子上的铃铛清脆地响着。要是这样的时候，我冲着那冒出响声的地方，喊一嗓子，便很快能收到姥姥的回应。

但常常，我还是要隔着山崖，四处寻找姥姥的踪迹，像是在一幅巨大的风景画里寻找微小的点景人物。只不过，在我心里，哪怕山再高，林子再深，这大片的绿和点缀其间的红的、黄的，紫色、粉色的花，都是用来装饰他们这一户人家的。找不到姥姥那顶白帽子的时候，我就看树木间冒出的炊烟，炊烟笔直，仿佛要变成测量大山高度的一把尺。我猜她正在做饭。她喜欢蒸苹果，原本又硬又酸涩的苹果经过蒸笼的驯服之后，变得酸甜可口，尤其是留在碗底散发着果香气的汤汁，现在想起来，都馋得我咽口水。

我是怎么面对那样一座山喊出声来的？虽然周围并没有人，但这也需要极大的勇气。我已经在心里练习了很多遍，之后，先把手围成喇叭的形状，踮起脚尖，使出浑身的力气大喊：唔喂——！尽可能拖长了音，使我喊出的话能与部分回音完美相叠。这一声"唔喂"是喊话的开场白，就像是跟远方的人对话的暗号，接着，才喊起"姥姥"来。这一点跟别人很不一样。

我见过大人们隔着山崖喊话。他们虽然也先"唔喂"一声，接着，喊起村庄的名字，花山的——，像是搜索一般，也有点抽签撞运气的意思，叫出谁来算谁。反正那村庄里也只住着姥姥他们一家人，不管谁出来都没问题，都是亲人。但我还是习惯喊"姥姥"，我大喊着姥姥，一声接着一声，山间便有一声接一声的"姥姥"来回撞击。母亲总会在这时说，这世界上有那么多姥姥，谁知道是谁家的外孙喊的。我坚定地说，我姥姥就知道。然后我在那里安静地等。直到确定姥姥没有回应，才喊起其他人。回应声有时从田地里冒出来，有时从山林里，有时是狗先狂叫几声，人才答应着往山崖处走。母亲和姥姥之间的喊话通常都很实际，多是问麦子种上了吗？井里有没有水？树上的果子可以摘了吗？姥姥一一回答，又抛出来别的问题，等待母亲回答。两道语言的光隔着空中的桥传来传去。山间的放羊人和羊们都停住，安静地听着。我再一抬头，感觉云朵和太阳也停住了似的，待在天空听。

姥姥、姥爷卖水果的那些年，我们没少隔着河岸喊话。让我们去摘果子，让父亲去隔壁县送水果……

暑假，我总是住在姥姥家，我像一朵懒散的云在林间转悠，胡思乱想。我喜欢看那些古老的树木和山石，也喜欢盛放的娇嫩的花朵，还有一些不开花却叶子精致的野草。我在山间挖出一棵柴胡，它粗壮的根须暴露了年龄，姥姥说，它的年龄长于我。很多事物的秘密都不写在表面。

姥姥生育了九个子女，除了两个儿子，其他的都沿着不同方向的山路出发，去向了远方，但也只跟我们——她的二女儿家隔着山崖，可以喊话。那些年，她是怎么跟其他子女联络的？除了徒步探望，怕就是托梦了吧。我见过姥姥在一个清晨因为梦里的情形坐卧不安，那梦与大姨有关，她呵斥追随而来的狗回去看家，便独自一人爬上了山梁。她行色匆匆，走在那条千年古道上的时候，天才麻麻亮。那时，山那边的另一个村子刚刚醒来，鸡鸣叫着，只有不多的几缕炊烟从房顶冒出。她用力去推荆棘编的栅栏门时，大姨正端着尿盆走出房门，睡眼惺忪地看着她，以为还没从梦里走出来。看见他们家里一切都好，姥姥放了心，便转身要回去。一路上，田地里的果子挂满露珠，像是一群做了恶梦哭醒的孩子，姥姥看着它们，笑，怎么就没给大姨带点什么呢？苹果也行啊。她的两条裤腿已经湿哒哒的了，鞋也湿了。她坐在院子里的石头上脱下它们，磕打鞋底上粘的泥巴，仿佛这才把那个恶梦真正地从心里磕打出来似的，她笑了，说，怎么就信了一个梦。

　　而她离开这个世界之后，我常常陷入一个又一个与她有关的梦里。梦见她住在老房子里，往石头墙上挂一盏煤油灯，梦见她往一个又一个荆条编的筐里装苹果。她在池塘边洗过冬天拆下来的花被面。梦见泉水一直流着，从小路流向荒山，再流向悬崖，与其他的泉水汇成一挂小小的瀑布。粉红色的桃花密密地开在崖上，姥姥坐在一旁的石头上晾起花被面，对我笑。在梦里，姥姥不曾对我说过什么，梦里展现的全是细节和各种场景，像个默片一般。

　　我时常在梦里提醒自己，要用手机把眼前与姥姥有关的一切拍下来。我像是一个在梦里采集细节样本的人，但梦不容许我这么做，我掏手机的同时，把自己从梦里掏了出来。站在清醒与梦之间的悬崖上，我说不出一句话。

母亲说，大约是姥姥知道她过得不好，从来也不到她梦里来，就连她的白帽子也没梦到过。于是，她一遍遍讲姥姥去世前的样子，埋怨当时乡村的医疗条件不好。要是放到现在，兴许就治好了，没准还有很多年的寿命，她要看见你当妈即，那得多高兴？

母亲行动不便，无法去对面的山上上坟。每年的清明节，她都会让父亲去以前隔着山崖喊话的地方祭奠一番。好像她的思念也能隔着山崖传递过去似的，只是这思念是无声的。

在姥姥、姥爷离开后，对面的山上也搬空了。每次我路过之前喊他们的地方，脚步总会被什么牵绊住。我走上小小的土台，山风愈来愈张狂，把我的头发吹起，又散乱地遮在脸上。对面那些田地已经被野草、灌木丛慢慢遮住，姥姥他们在那里生活过的痕迹正在渐渐被抹去。我常想，当年那些在山崖上喊过的话，最终会飘落在哪里？被什么样的植物收集了去。多少年里，一想起她，我就偷偷地哭泣。

如今，很少会有人隔着一道沟喊话了。即使自家人去地里，也没人会站在高处喊叫他们的名字或者称谓。一个电话就解决了所有问题。然而，山里人打电话却依旧保留了喊话的分贝，现在想来，那是当年隔着山梁和深沟喊话养成的习惯。

我站在那里，心中要呼喊的声音往外冲，但却一直喊不出口。我恍惚间看到戴白帽子的姥姥站在对面的向日葵地里，正在赶跑一群前来偷吃的鸟雀和松鼠。我便相信，那个熟悉的地方会帮你收藏记忆，当你面对它，回到那里的时候，那些你以为原本淡忘的事物便会一路奔来。

那天，我告诉跟我来山崖前的小侄女说，我小时候，常在这里喊对面山上的人。她便把小手捂在嘴上大喊起来，喂，有人吗？清脆的声音在山间回荡，却没有任何人应声。我指给她看对面树木繁茂、花朵点缀的地方，并且告诉她，我小时候常在那里住。她学着我的样子，伸起手指，为那里定位。她问，是那片松树那里吗？我说，不是。她又问，是有花的那里吗？我点点头。如果我没看错的话，那应该是房子西边的一棵活了很多年的山桃树。她却一脸调皮的样子，说，哦，我知道了，姑姑，你小时候住在一朵花里。

她说的话让我眼前一亮。此后，每次，我站在那山崖前的时候，就想到这句话。看着山上不时冒出的野花，看见草木上的圆滚的水珠。我便觉得，所有的一切都收藏着我们对亲人和往昔的呼唤和思念。也许小小的我和姥姥喊话以及相伴的时光，永远地珍藏在了某一朵花里，某一颗露珠里。为了传递这记忆。花朵总是会重新开放，露珠又总在清晨被偷偷举起。

# 一个人去割草

蹲下身去，太阳像枚果子结在野草上，我一把攥住那几棵草，挥起镰刀，从根部割掉。一抬头，太阳又跳到了别的草上。眼前，一只蚂蚁急匆匆滑下草茎，在一片草叶下边与另一只蚂蚁互碰触角，交待着什么。它们行色匆忙地乱跑乱撞，完全不知道我是个胆小鬼。事实上，直到现在，我依旧胆小，每当孩子拿起小虫子在我面前晃，都会忍不住尖叫，跳着脚逃跑。

许多个下午，山谷里只有我一个人。有什么东西忽然踏着树叶而来，撩开我齐脖子的头发。我怕得要命，急忙回头，却被一阵风忽然扑在脸上。我怕任何一种忽然起飞的东西。怕野鸡，怕鸟，也怕飞虫，但蝉总会忽然冲着我飞过来，这山林里的歌手吓得我不敢动弹，它大约把我当作一棵粉红色的树了，在我后背散起步，唱起歌。汗珠顺着我的下巴大滴大滴地落下来，砸向野草。我意识到，自己是被一只蝉绑架了。它逼迫我听它的歌声，它的心曲。它自顾自地唱完，不管我是否回应，就飞走了。

我往前腾挪着脚步，忽然，几只嗡嗡叫着的蜂从脚下飞出，它们像拴在我头发上似的，怎么甩都甩不掉。我忙着躲闪、尖叫，甚至像大人们说过的那样在土地上打滚，直到听不到它们的声响时才坐起来。裸露在外的皮肤已经开始火辣辣地疼，很快又鼓起了包。我顺手揪下一截嫩臭蒿，用手指捻出汁液，涂抹在肿胀的地方。奶奶早已教会我与野草为伍，利用它们的功效化解各种意外。后来，我才知道是蜂把房子安在了一颗小石下边。它们的窝小小的，蜂也小小的。等我超过十岁，说什么都不愿意跟父亲住在同一个屋里的时候，才忽然想到，在那样一块小石头上建窝，是不是一群幼蜂的一次叛逆。从此，我对每一块石头都小心翼翼。确定它们除了石头之外，不再是什么生命的房屋建造基地，才放心地越过去。

蚂蚁当然是隐居在野草深处的土著。它们意识到我来的时候，大多会连跑带窜，我看它们一片慌乱地逃跑，腿部却会忽然传来一阵针扎般的疼痛，那是蚂蚁家族中的一名敢死队成员吧，它不顾一切地对一个"巨人"发起攻击。让我不知道是该觉得它可恶还是可敬。

即便如此，我每天下午依旧会独自出现在山谷里、山坡上。我想我是被那一片片青草蛊惑了，以致于现在在城市里看见满目翠绿，双手都会不由自主做出割草时的动作，心也痒痒的。是的，我有将它们全部放倒的冲动。

割草就应该是一个人的行动。整个山谷静悄悄的，隐约能听见远处村里的狗吠声，小孩的吵闹声。我惧怕这宁静里飞来的各种东西，却又热爱这宁静。置身于野草之中，我感觉到它们是如此丰沛。荒草站立在那里，像一种神秘到无法开解的隐喻。暑假的时间一页页翻过去，原来被我放倒的草又长起来，就像时间一般。荒草就是时间的森林。

母亲几乎每天都会问我，要不你在家玩，我去割草吧。我摇头。接着，她又说，找蔓丽一起吧。秀香呢？我低声说，我一个人去割草。

蔓丽比我大几岁，她总是早早来我家等，坐在院子里的碌碡上，正好被一棵桐树的阴影罩住。到了东山，她讲一个男生老偷看她，她去哪儿，他都会盯着她的背影看。她有点羞涩，又几乎是发着恨说，我再也不理他。秀香倒不这样，但她家养的是骡子。她在各个地垄上挑来挑去，说骡子不爱吃这个，不爱吃那个。不一会儿就得拉着我去别处。我觉得，还是我家的牛好，大约除了一种牛筋草，它什么都吃。我不喜欢挑挑拣拣，我喜欢在一个地方，将那一条地垄上的草完全放倒。这种喜好后来也反映在我们的人生里。她换了无数个工作，在各个城市间辗转。听说我在一个单位待了七八年之后，她差点从电话那边跳起来。怎么可能？她说。

不上学的每个下午，我都会背着挎篮出门。这挎篮出自姥爷之手。而编它的藤条是我的盲人二舅在山里砍回来的。二舅从上到下抚摸过每一根藤条，它先抚摸叶子，确认是不是他要的那个种类。再摸一遍粗细长短是不是符合要求。他寻找这种藤条也不是刻意的，在每次捡柴禾的时候，顺便砍上几棵，半年之后，便攒下了一捆。我看见姥爷在院子里一个临时的炉子边烤着这些藤条，先烤软，再一点点编起来。藤条来回交错着，好像要结成一个巨大的鸟巢。几天后，一个半大的挎篮就成形了。姥爷把它当作礼物送给了我。

挎篮是一个勤快女人必备的武器，这是我后来发现的。女人们用它往地里背种子、化肥，也从地里背回棒子、土豆，各种蔬菜，核桃或者其他山果。好像一家人的日子是从女人的后背上开始的。

那个挎篮让蔓丽和秀香都羡慕得不得了。背着它，我就觉得自己长大了，像蜗牛有个厚壳一样，又得意又踏实。我先背着去井边的菜地，回来的时候，里边放了几个鲜红的西红柿和两个带泥的萝卜。母亲夸赞，西红柿挺好，萝卜也不错，可是咱们家根本就没种这些。我吓得要命，赶紧问：那是谁家的，赶紧去还吧。母亲笑着想说什么，但却没说出口。我知道她想说，"你个胆小鬼！"但是想到上次她这么说的时候我哭了。我连"胆小鬼"这三个字都怕。有时候想，我一次次自己去割草，或许就是在与这三个字对抗。

我背着一挎篮阳光，走出村庄，人声和蝉鸣渐渐模糊成背景。每次，双腿好像比我的心对这些小路更熟悉，在我没想到去哪里割草之前，它们已经把我带到了某一处。我常会辨认着草的种类，虽然这么做并没有什么必要。但还是会在心里为它们归类，并且叫出它们的名字。灰菜上边像是抹了粉，马唐一片片的，根浅扎在土地的表层，不易整理。我喜欢龙子草，喜欢狗尾巴草，野菊草，总觉得它们的样子好看，牛吃起来也会心生欢喜。我还喜欢不太老的艾蒿、水蒿，它们长得高大，割起来也很爽快。牛吃起它们来，大约会跟人吃大馒头或者大碗吃肉般过瘾吧。有的草我叫不上名字，这当然也没关系，干脆就给它们现取一个吧。长得像鬼针子的就叫它鬼线子，开黄花的叫它小黄鸭，长白毛球的叫它白刺猬……这是我一个人的游戏。那些名字我也经常会忘掉。几天之后，它们就像被割掉的青草一样，又一次冒了出来。几十年后，当儿子从路边采下一株麻桃，说，这是皇上，它拥有一个想当蒲公英的儿子的时候，我忽然觉得时光好像一下子被植物打通了。

我寻找着那些野草之间的联系，它们的故事有时通往快乐、温暖，有时通往哀伤。哀伤往往会在阴天来。那时，我就用一个大大的叶子把哀伤和土包在一起，再用长长的酸枣刺牢牢缝住。把它丢到远处的山坡上。我希望它在那里能长出一大片狗尾巴草。第二年，我会用镰刀亲手将它们割掉。

即便我天天与草打交道，我也不够了解它们。我喜欢跟奶奶一起去山里，她知道那些野草的习性、传说，介绍它们跟介绍家里人一样清楚。我也会放下镰刀，去采一些草药。瓜蒌是给牛吃的。柴胡在感冒了以后用，牛筋草是长了疙瘩以后用来煮水洗的。当然，最后这个偏方得来的奇特。有年我们村几乎所有的人后背都长满了疙瘩，用了多少药都不管事。一个小脚老奶奶跑去山坡上采了这种草回来，她先是在孙子身上试验，果真有效果。后来，牛筋草就成捆成捆地进了村子。大家的病症果然就好了。我还记得小脚老奶奶的样子，她退回大家给她买的点心和罐头，说，这没啥，她小的时候全村人一起患过这样的病。后来，也是一个老人用这种草把全村的人给医好了。她讲这些的时候，我脑袋里便会勾勒那些古老的场景，心想，在这大山里，许多植物绿了又枯，枯了又绿，看起来似乎是无用的，但它们的无用攒起来，可能就是为了某一刻的有用。于是，我总会采一些药，将它们采好，带回家，等着日后所需。当然，也可能永远也用不着。草药会在家里的窗台上晾干，然后在某一个角落里被发现或者遗忘。如用不着，便觉得草药有了辟邪的功效。

我一次次辨认着它们，与草的交往或许比人的交往要慢。但我知道一片野薄荷的所在地，知道最好吃、结果又密实的覆盆子长在哪里。那是我与野草之间的秘密。但这些秘密到了奶奶面前，却变得不值一提。我总是想用自己发现的事物盖过她的所知，但每次都是徒劳。好像这山间的草木不过是年复一年的重复，哪怕她后来因为年老体弱不再去山坡和地里，依然对它们了如指掌。它们似乎比人还念旧，还信守承诺。

我采过最珍贵的药材却不是植物，而是一条白色带子，它盘在一片低矮的灌木丛上，细碎的纹理充满了神秘感。等我拿给母亲，她说那是一条蛇蜕。吓得我赶紧扔掉。许多天里，我都心生惧怕，担心这白色带子会还原成一条蛇，在我家里自由观光。许多个清晨醒来，我都觉得阳光里爬行着白色的蛇蜕。直到母亲骗我说把它扔掉了，才安心。谁知有一天家里那只虎斑猫歪歪扭扭像个醉汉一般跑回来。母亲一下子就看出了端倪，说，它中毒了。接着便去角落里取出蛇蜕来，在小锅里煮了给猫喝。眼见那猫已经口吐白沫，母亲捏着它的嘴，把蛇蜕汤给灌下去。半个小时，它竟然摇摇晃晃地站了起来，把身子弓成一团，跑到院子里的麦秸堆上躺着去了。它得救了。

我找到一枚早早就红了的叶子，想到给蝈蝈做件披风。我先把叶子对折，又用小的酸枣刺从中间别好。做完这些之后，正好就看见一只绿蝈蝈站在黄色的南瓜花上。它威风凛凛，让我想起家里曾经养过的一只蝈蝈怎样将同类吃掉，吓得我头皮发麻。赶紧把红叶披风放在一棵巨大的南瓜上，让它随风吹向哪里吧。我只当作是给想象里的某一只蝈蝈做了件衣服。而草叶间不起眼的地方，看似宁静，每一日都有生死，有残忍，也有爱与慈悲。那微小的世界在我眼底逐渐放大。我总在心底觉得这些山谷、山坡在很长时间内都是我的领地。在不远处偶尔出现的啃草的羊，甚至犁地的人似乎都成了静止的，都像是随意加入这风景里的贴片一般。

我还尝试过给一只野兔研究新的食物。那只小野兔跟母亲的拳头差不多大。是她从山里逮来的。母亲满村给她找吃的，后来只找到了半瓶羊奶。但那兔子不喝羊牛。粥啊，汤啊，它都不喝。我知道许多植物里流淌的都是白色的汁液。比如，那个被我取名叫"豆兰"的长蔓草，每次我割断它，镰刀路过的部分都是白白的。我用一个小瓶，在各种野草上采集着，希望能给一只野兔收集它所需的营养。可它竟然不张嘴，我又放了糖，它依旧不张嘴。一夜之后，便死了。我哭得很厉害。把它埋在发现它的那片野地。拍好土以后，我忽然想，明年，这里会长出什么样的野草呢？我好好记下了那片地的位置，距离杜梨树有五步远。我告诉自己，永远也不要割这片草。

有时，我也会遇到割草的大人。她们总是行色匆匆，完全不理会山林和田野的景色。她们的挎篮里先是要摘一些豆角，或者南瓜，再往上堆草。她们的挎篮内心全是蔬菜，不像我的，全是野草。不时，我也会看见一个挖土豆的女人，她一边挖，一边擦眼泪——这个刚刚失去丈夫的年轻媳妇。我只是远远地看着她，一句话也说不出。

我割的草总是太多，多到令大人们惊奇，在他们夸我干活卖力的时候，我总是会脸红。几乎每个傍晚，母亲都会背着她的大挎篮，向着我的方向走来。母亲口袋里总会揣个苹果或者桃子，有时候，她还会用罐头瓶装半杯水。每次老远看见她走来。我都会激动得想哭，好像野草把时间抻长了，我们分开根本不是几个小时似的。母亲一来，好像就把某种气氛给刺破了。我在她跟前跳来跳去，啃起带着她体温的苹果。对她分享我的发现。

她在那些地垄上收起我割好的草，把它们放进自己的挎篮里，横着放，竖着放，往下压了又压。她从地垄这头儿收到那头儿。她也要往我挎篮里放一些，放得松松垮垮，看上去很多，其实很少。这是一个虚胖的草垛。

母亲费力地走在前边，我紧跟其后。她的整个身子被草遮挡着。仅有两只鞋不断交错着出现在貌似悬空的草下边。我紧随其后。一路上，每有人感叹，割这么多草啊，母亲都会说，姑娘自己一个人割的。她炫耀着，让我一路收获别人的赞誉。而这场景一直到延续到现在，与这个家庭有关的所有的功劳，她都会记在我身上。并且不断扩大，而许多事情，她都尽可能扛在自己的肩上，明明很沉重了，还要装出身轻如燕的样子。我手里总会捧着一把花，那些花要被安置在床头柜上一个玻璃瓶子里。它们的味道能把我的梦带向一片没有边的草地。

奶奶和母亲两个人围着一台古老的铡刀，一个站着，一个坐着。她们合力把青草分成许多段。一盏昏暗的灯光照耀着她们的影子，把这场景雕刻进我的记忆里。

为人母之后，我仅割过一次草，不是去山里，而是在别人家的院子。那家人进城后久不回来，草都要把院子给吃掉了。等我站起身要捆草的时候，忽然想到没有挎篮，便隔着院墙问母亲，我的挎篮呢。她想了好半天，才说，给了我表妹了。结果表妹早早辍学去城里打工，又把它送了回来。前些日子，一个收老旧物件的人，忽然看中它，要把它收走。我不知道一个什么样的人买走了我成长过程中那么重要的一件物证。但母亲对有人肯为一件已经无用的物件花钱，是有些震惊的，她恨不得直接送给人家。倒是我，听到这消息失落了好多天。

我到了城市之后的许多个夏天，青草的味道还会自动回到鼻息里，挥都挥不去。我想，那是青草在我身体里留下的记号。我一个人去外省读书，一个人去另外的城市工作，一个人逛街，一个人生活。出租屋小极了，仅有一张用砖头搭着的床板和一张旧书桌。夜晚，我翻开一本本书，忽然会出现当年一个人去割草的错觉。文字的芳香一如青草上的太阳，不断跳动着，跳过一片又一片青草，又跳上高树，接着，好像跳到月亮里去了。

第三辑

书药

# 寻呼时代

一

大约是 2001 年，街上到处都写着"终身免费"几个字，它们挂在各个售卖寻呼机的小店门口或玻璃窗，各种笔体，各种大小的"终身"交织在一起，让人对新的纪元充满了希望。

那时，我还在报社上班，作为一个实习生，工资寒酸到要饿几次肚子，才能挺过一个月。我之所以能在这样的环境里坚持一年，完全是靠圈外人羡慕的眼光养着自己的。每当报社分派任务，让去订报纸，或者拉广告的时候，我都会给千里之外的爹妈打个电话。他们不经意间流露出的自豪感，总能让我在深夜的公用电话亭里忍不住吸一口气。靠这一口气，我又能挺上一段时间。

满大街的"终身"来临之前，我有过一个寻呼机，数字的。在这个陌生的城市里，当有一串数字与我相对应的时候，我忽然就找到了自己的坐标，那是只属于我一个人的标记。我渴望它响起，渴望与这个世界有更多的联系。我还清楚记得，从出租屋走出去，在小卖部回电话的情景。几个人在寒冷的夜里，等着前边的人打电话。那位时髦的姑娘眯着眼笑，旁若无人地谈情说爱。后边的小伙子不断从腰间取下寻呼机，按一按，看看，急得转来转去，却又不好意思说什么。穿蓝外套的中年男人总是躲在一侧，明明排到他了却又谦让，等大家都打完了再去拨。我有时去的时候他正在打电话，声音故意压低，怕别人听见似的，脸一遍遍转过来，目光扫视着，看是否有人盯着他看，样子像个间谍。而后，我从他不小心流露出的只言片语里知道，他是个农民工，那电话是打给家乡的妻子的。而我的同学阿韵打电话是最夸张的，她扭动着腰肢，眼睛看向天空，每次都会嗲嗲地说着话，有时候她也用这样的腔调叫爸爸妈妈，然后谈笑风生。等后来，我亲眼见她父母的时候，听到她喊"爹、娘。"而且她的家乡话拗口到我完全听不懂，忽然就蒙了……公用电话前的人生百态是那个年代特有的风景。

钱稍稍宽裕时，我会买张 IC 卡，去远一点的马路上的电话亭里回电话。寻呼机里的信息像小虫子一样，总会把我只身漂泊异地的孤单生活嗑开，让外边的光彩流过来。

买数字寻呼机时，会附赠一个小册子，许多常用的语言被编成独特的数字组合。久而久之，不看册子我也能破译几个。人和人的交流浓缩在一串串数字背后，现在想想也不乏趣味。数字寻呼机只传输简单的信息，复杂的事件往往会有两种方式，或在台里留言，或让机主回电话。在寻呼台提取消息的时候，总有一个声音甜美的女孩子告诉你，谁在什么时间呼你了，天冷，让你多穿衣服，谁有什么样的事情……当别人的惦念经那种甜美的声音整理、变形之后，一个清晨、或者一个下午，会变得奇妙。让我觉得并没有被世界遗忘。那个甜美的声音像天使，她说出的每一个字，都是温暖的兔子精，它们要通过电话跑进耳朵，去温暖我的心。提取信息时，同样要报机主姓名，报机主密码。那个密码一不小心被他人掌握，你的一切都将会被窥探。当然，也酿出了一些像后来电影《手机》里所见的那种家庭悲剧。在那些人心里，寻呼是多么可恨，映照出他们原本可以回避掉的真实与丑陋。

但对寻呼机，我是感恩的，它连接着我与陌生的世界，连接着我与散落在各处的同学以及父母亲人。那时，我隔几天就会收到一串字数，不在寻呼台手册的解读范围之内，它属于我和同学小雨两个人的约定。那些数字更多的是不给对方因为回电话增加经济压力。当贫穷和职场新人的身份让我们一次次身处尴尬境地的时候，除了读读励志文字，也只能靠那一串串数字来互相鼓励了。

虽然我和小雨互相发送的那些数字到现在我全都忘记了，但那种奇妙的感觉我记得，它像某种神奇的养分鼓励我们要在城市里慢慢扎根。我们每隔两周会碰一次面，见面之后一起吐槽单位里的各种奇葩事件，恨不得把自己的心理变化全部掏出来，转到对方那里去。等后来有了"终身免费"的寻呼机，很多人纷纷去鸟枪换炮，让文字自由在屏幕上奔跑。这的确方便了不少，但我还是会收到小雨发来的数字。这种只有我们才懂的暗语，在多年后说起来，让我们瞬间就湿了眼眶。我想起，我最后一个寻呼机的购机协议上赫然写着"终身免费"，是我排了好半天队才买到的，后来竟然满大街都是。"终身"，这两个字像极了誓言的字，竟然让那么多人都信了，其中也包括我。


二


我没想到自己能去寻呼台工作，同事们也想不到一个在报社上班的人会跳槽到寻呼台。当我说，我觉得寻呼台是"仙女聚集地"的时候，她们哈哈笑着，眼泪和嘴里正嚼着的饭一同喷了出来。

寻呼台离我原来的报社并不太远，我来到寻呼台楼下，那一段高高的楼梯是想象与现实的距离。我每爬上一个台阶，都接近"仙女"一步。爬上五楼时，寻呼台正在换班，一群身穿白大褂，脚踏拖鞋的女孩子站成一排，正在听另外一个手里拿着几张纸的人训话。我扫了她们一眼，高矮胖瘦都有。接着，便从她们左边穿过去，进了一个小屋。我跟十几个新来的女孩子一起参加培训。我们了解着寻呼辉煌的历史，以及寻呼人的荣誉，什么三八红旗手，什么劳模，什么除夕之夜来自省领导的慰问。那种朝气，让我从报社死气沉沉的气氛里逐渐抽离出来。

我们要称那些老员工为"师傅"，我怀疑这种方式是从附近有着几十年历史的棉纺厂学来的。上班第一天，我就好奇地往里边瞄了一眼，在宽阔的大厅里，一排排蓝色隔断中，电脑不断闪烁着，电脑前是戴着耳机穿着白大褂的女孩子。她们正接听着电话，发布着讯息。在我的理解里，人们通过寻呼台表达爱或恨，寻呼台就是天堂的样子。那些"天使"般甜美的声音，在我脑海里勾勒出的想象，让我在去面试之前陷入过深深的自卑。幸好，面试官只是让我念了一段文字，并没有过多注视我的脸和身材。许多的培训是与声音有关的训练，我亲眼看见，那些大嗓门的姑娘，为自己的声音一再"瘦身"，让它变得轻柔甜美。我渐渐意识到，天使原来跟我一样，都生活在尘土里。

几百个女孩子营造出的独特气氛是寻呼台独有的气质。你能听到敲击电脑键盘的声音，混合着不同方位传来的甜美嗓音。在这里，每一个寻呼员都可能掌握着那个时代里最个体化的秘密。有一些奇怪的人或者事在背后传播着：那个男人用同一个电话打来，给不同的寻呼号传递着"我爱你"的讯息；那个发送"我在北京出差"讯息的人，电话却显示在本地……有时候，寻呼台在做着这些丑事的帮凶。

寻呼员恪守自己的本分，只要不违法，大家对所有善恶都不做干预，只是纯粹地搬运信息。其中的种种影响了许多女孩子的爱情观、婚姻观。并且因为有寻呼员为了正义教训"坏男人"这样的前车之鉴，这一条被明文写在规定里，大家都签署了具有法律效力的保密协议和保证协议。

许多人像之前的我一样，认为寻呼员是天使。他们一遍遍打来寻呼，不为别的，只为了倾听一种柔软的声音。尤其在深夜，总有落魄于他乡的小伙子在酒后倾诉着心声。也有人想将"天使"带回家，特意记下寻呼员的工号，在公司下边痴痴等待，在上下班高峰时，以渴望的眼神一遍遍扫视着那个在深夜点亮过自己灵魂的人。当然，其中不乏一些爱情佳话。更多的时候，是一些在这城市里活得潦草的人在向空中发射孤独的子弹。最后，那子弹射向他自己。

一下班，人群涌向门外，早有人在那里等待，寻呼员们有父母接的，有男友接的，但大部分像鱼一样，涌向拥挤的人流。有一次，我和她们坐在一起聊天，不知谁抛出一个问题，说你在深夜里接到过哪些难忘的电话？这个问题像鱼饵一样勾出了许多美好的瞬间：在大雪飘飞的深夜，一个母亲给另一个城市的儿子发信息让他加衣，而她千叮咛万嘱咐，一定要在第二天早上七点再发，她不想在夜晚惊扰了儿子的美梦。一个男孩在电话里说完"祝你幸福，我永远爱你"之后，忽然就沉默了，好半天，他又说，算了，不用呼了。但是寻呼员听出他哭了。还有一个妻子总是呼她的丈夫，一个逝去人的号码……这些故事让我看到寻呼的另一面，在那个时代里，寻呼不只见证了那些人的恶，还见证了更多的良善、温暖。

培训师每天都在向我们强调，通讯是一个朝阳产业。我日日夜夜想着，有朝一日，怎样去传递这样一些有温度的语言。为此，我在出租屋里一个人练习说话，有时候，也拿着小雨练手。我越是一本正经，她越是哈哈大笑。

三

大约是 2003 年的春天，原本高昂的手机话费忽然就落了下去，被叫免费了。耳朵里每天都会传来某家寻呼台倒闭的消息。倒闭的寻呼台把所剩无几的客户融到我们台里来。处理投诉的人员每天都会为如何向客户解释"终身"两个词而挖空心思。所谓"终身"到底是谁的终身？这样的争论从平民到媒体到处都是。公司里流言四起，人心不安。而我们却按部就班，依旧练习着自己语音的甜美度。

直到有一天，培训师将我们带到了座席上，我们有了自己的工号，有了自己的耳麦，但还不能实际操作。我们坐在那些"师傅"身后，听着她们处理着每一个接进来的寻呼。我们多么殷切，甚至当"师傅"们敲击要发送的内容的时候，我们的手指也跟着动了起来，被五笔分解掉的字在指尖上不安分地跳动着。

培训师说第二天就让我们上台，但是就在第二天，如传言中一样，她终于接到了公司的正式通知，我们这个寻呼台也宣布关闭了。整个大厅忽然间安静下来，所有的人起立，不说话。我抚摸着手里那个还没有派上用场的耳麦，心里翻腾着奇怪的滋味。

很快，寻呼台里的一小部分被划为新转型的业务，大部分人安静走出去，提前下班，那天没有交接班仪式，我看见有人躲在一边，迟迟不愿下楼。几个穿白大褂的人凑在一起哭，她们好像对某一个生命体无能为力的大夫。

作为新人，我们是没有资格流泪的，我们只能在角落里迷茫。

很快这些迷茫的人被分离，接到的通知是另外一些振奋人心的消息。

回到出租屋，我翻看那个小巧的寻呼机，自此，它再也不会发出任何来自外界的声音。一个时代就这样结束了。我能想象那天不用上班的大多数寻呼员们去聚会时的样子，想象她们怎样泪雨滂沱。

我每次想到寻呼台的时候，都觉得一个时代蜷缩在许多人的抽屉里。最后，这个浓缩了记忆的小机器，大多会被变卖、遗失。

我们这些新人没有被公司开除，而是去手机业务的岗位上工作，有段时间我总看到对面楼里处理投诉的主管身后跟着一个身形消瘦的男人，他跟着主管上班，也跟着他下班，甚至还跟着他吃饭。那男人极安静，与主管分食一屉小笼包，他们都无比沉默。

后来我才知道，那是有关寻呼台的投诉，这个男人因为一些事情坐了牢，那几年时间，一串寻呼号，在他舌头下边巡回滚动着，只等着他一走出牢房，就把它们释放出来。反正，这寻呼机是他送她的礼物，是"终身"的嘛！当他出来真打电话的时候，发现寻呼台已经关闭了，他心心念念的号码一下子就失去了灵魂。寻呼机的女主人已经不在原处，这仅有的联系方式也失效了。他坚定地以为那个女人正攥着寻呼机等他归来。而造成他们咫尺天涯的正是寻呼台的关闭。为此，他天天打电话投诉，后来就直接缠着处理投诉的主管，像个影子般跟在他身后。

在我们这些快速拥抱新时代的人面前，他的执着和深情让我们觉得奇怪。但我知道，这样被斩断的东西一定不只是某一件事。但新时代就像一条能自由连接、复活的蛇一样，很多东西在不断修复着，一张信息化的网越织越紧、越织越密。

等有了微信之后，所有过去认识却因为某些变故失去联络的人会忽然一下子回来，兴奋过之后，它们的名字牢牢躺在通讯录里。比如小雨。但我们又是那么陌生，我们的信息都在朋友圈呈现，但更多的内心的感受并不会彼此交换。

后来，我们在另一个城市见面，当时韩国烤肉的自助餐厅里烟火缭绕，小雨跟我说她现在信佛。信佛的好处是她的男人跟别的女人在一起同居，她依然没有选择离婚，并将他的父母当作自己的父母。男人跟那个女人住在他们的家里，而她带着孩子在外边租房子住。她说得格外平静。"我不相信那个女人能陪他一辈子，他早晚会醒过来。"那样子，也像一个守着寻呼机等待讯息的人吧，可寻呼台分明已经关闭了。

那天从饭店出来，我们看着饭店门前新架起的立交桥，我不由得想起当年的街巷，当年布满城市的公用电话亭和在小卖部、报亭里的公用电话摊。可是眼前车辆川流不息，霓虹灯不断闪烁着，好像时间在不断按着快捷键。

# 鱼阵

　　时光从婆婆奶只有一颗门牙的嘴里缓慢溢出，像鱼群般游向窗外，漫过竹林、石头围墙、蓟运河，直到云际……

　　饥饿、贫穷曾是这些故事的背景，它们啃噬了婆婆奶少年时的一切。除每家每户的几分薄田之外，值得称颂的便是那成片的芦苇。在这蓟运河畔，芦苇占领了各个水洼和许多田地，人们把它采回家，经过裁切、碾轧等多道工序，织成苇席。这些苇席去往全国各地，铺在不同人家的土炕和床榻上，成了时光最稳健的见证者。即使在生产队，家里的男人、女人也都一心扑在织席上。但爷爷却是个例外，爷爷天生喜欢建筑，一砖一瓦，踏踏实实，爷爷的人品和技艺都让人竖大拇指。他还一直让公公坚持练字，似乎只有一手好字才能支撑起好的灵魂。

　　练字之余，公公就帮着婆婆和婆婆奶收割芦苇，婆婆奶虽然走路慢慢悠悠，却有一双快手，她织席的速度无人能及。公公闲下来，也跟着别人贩卖苇席，常常是天不亮就出门，赶着驴车，驴子的尾巴甩来甩去，像一把拂尘，把黑夜拂成白日。

　　改革开放的消息传进村里，不善言谈的公公眼前忽然闪现出一道曙光，他要谋求一条与祖辈不一样的路。那时，人们大多在本地活动，蓟运河里的鱼可能都比村子里的人行得要远。公公顺着蓟运河的方向，一路行走向前，像一条鱼奔赴大海。

只不过他的"大海"是模糊的，朦胧的。他从驴车换到卡车，再坐火车……与许许多多的陌生人在一起，让他打开了封闭已久的自己。那时，通讯不便，他一出门就是半个月，家人担忧，晚上连门都不敢关得太死，生怕他回来后，进不了家。

直到一天傍晚，公公带着设备回来了。村里人既觉得新鲜又感到疑惑，都围过来看，感慨道："这东西就能下金蛋？"公公从村里招了工人，第一批塑料制品在反复试验后成功生产出来。发工资的场面像一个神圣的仪式，也让原来持怀疑态度的人流露出羡慕的眼神。工人们眼瞅着日子一天比一天好起来，别提多高兴了。

工厂步入正轨后，公公便在外边跑订单，婆婆管理着厂子的运营。慢慢地，订单越来越多，工人也越来越多……

很快，公公婆婆就买回了村里的第一台电视机，24吋的黑白电视放在院子里，桌椅板凳排了好多排，就连院墙上都坐了人。公公站在后边不断调整天线，荧屏上的雪花慢慢散去，霍元甲们的身影神奇地显现出来，那场景真是前所未有。就是这样一台电视机，燃起了村里人致富的希望，能买一台电视几乎成了各家各户的心愿。

然而，最快乐的并非生活条件的改善，而是能在弱者有难之时可以伸出一双援手。村里考上大学的学生来家里借钱，或是有亲戚生病了没钱看病，公公婆婆总是伸手相助。

在别人眼里，公公婆婆俨然成了一对创业的楷模。村里人也开始想方设法在不同行业里谋发展。他们也像一群鱼一样，在时代的河流里，争先恐后地往好日子奔。

婆婆奶说，她小时候蓟运河上游发大水，水一直没了河岸，漫到家门口。清晨，一开后院的门，就看见月亮睡在水里，鱼欢腾着。她迈着小脚，拎了篮子，将鱼、虾、贝类捡拾起来。在贫困的年代，鱼是救命的饭。但有时候，鱼太多了，他们只好将鱼送回水里，让它们随着大队伍，一路向前。

大约有过这段经历的鱼，跟其他的鱼是不同的，就像人一样，因那一段创业的经历，公公婆婆的青春岁月便有了别样的光华，而这光华又晕染了村庄四十年。这四十年中，芦苇依旧吟唱，但许多人凭借古老的技艺，让它们走到了更远的地方；这四十年中，人们的饮食、着装、交通、住房有了翻天覆地的变化；这四十年中，经历过特殊时代的人们，逐渐苍老，却在村里的小广场上跳着舞寻找一颗年轻的心。

婆婆奶的故事似乎永远也讲不完。入夜，借着月光，我看到前边房子的瓦如鱼鳞一般，顿时觉得这村庄和村庄里的人都形成了鱼的阵仗，他们游动，他们飞奔，他们在这个崭新的时代里，寻找着各自的龙门……

旧物集

老门槛

出门多日归来，发现客厅窗前的文盘里竟多了枚木头山子，"山尖"此起彼伏，错落崎岖，表面虽然经过打磨，但依然保留了粗糙的质感。于我而言，它的来源并不难猜，纹理、色泽跟老门槛的端头格外相似。果然，我丈夫老黄笑着承认了。

那老门槛是从他老家带来的。他说，小时候，老门槛是可憎的。说着便卷起裤管，露出膝盖给我看，两条腿的膝关节处各有一个伤疤，他指着左腿说，喏，这疤就是因它才留下的。当年，他和伙伴们在村庄里追逐奔跑，穿堂过院，一阵风似的，从每个参与游戏的玩伴家飞驰而过。每次来到门槛前，大家都要提高警惕，将腿抬得老高，越过去。然而，总有跑累的时候，一不小心就被门槛绊倒，摔在门前的步阶石上，抱着腿作痛苦状。他告诉我，磕破裤子，膝盖流血的那次，他把门槛破口大骂了一回。什么"虽有枝心，不怨飘瓦"，那个年纪，又是在自己家，怎么可能不怨？

或许，直到现在走近那截门槛，他的腿部还能感受到曾经跨过门槛被绊倒时的惧怕和担忧吧。但据说，没几年，老家房子进行翻盖，那个门槛便退了休，起初作了院子里给鸡剁菜的案板，到后来，鸡也处理掉，索性就将它扔在院子里晒太阳了。

这些年，一回到乡下的老院子，老黄就到处踅摸，在犄角旮旯里一遍遍搜寻着，仔细辨认之后，清洗刮擦，使那物件焕发出新的光彩来。同时被清理出的还有一个个埋在尘土里的故事。他总是这样，迫切地抢救着与童年有关的一件件证物，从老家陆续将它们搬回，宝贝一样安放在家里。原本常见的器物因为这样那样的故事加持，顿时变成了一件件艺术品。

这老门槛也不例外。发现它以后，老黄摩挲着那粗粝的纹理，隔着这么多年的时间，老门槛在他心里竟发生了变化，变得可爱起来。它像是一截记忆的根脉，孩提时的许多经历一下子被激活了。是榆木的，他说。将老门槛带回我们的小家之后，他又找出砂纸，反复打磨，让它粗糙中显出一丝润泽来。老黄曾想过，用它做茶盘，琢磨几次之后，又觉得没有相应的桌子搭配，才只好作罢。

就在我外出时，他发现老门槛的两端已经糟腐，端头变得参差不齐，峰峦错落。于是，突发奇想，从这段老门槛上取下两枚山子来，又说，中间的部分就作干泡台好了，到时，再将那两枚山子请回来，让它们与茶壶茶杯为伴。说着，他兴奋地将它们搬来摆弄起来。这段老榆木仅存着一丝老门槛的影子，上边纵横错落的纹理像是时间用力划出的深深的沟壑。他拿来山子，一枚已打磨好，一枚还未来得及处理，又换了好几种茶杯、茶壶，最后留下那只柴烧粗陶的茶杯，跟老门槛粗糙的质感极为相配。没有合适的茶壶，他干脆把一套青花瓷的酒壶、酒杯拿了来，这才满意地点了点头。孩子看见了，忍不住凑过去，白嫩的手指在茶杯上轻轻一弹，便发出了清脆的声音，格外好听。而老黄脸上也露出了孩子玩家家酒般的喜悦神色。

老门槛，哦，不，榆木干泡台边响起了一阵笑声。

## 旧瓦与坛子

与老门槛一同搬来的，还有院落里的几片旧瓦，也是从老房子上拆下来的。曾在房顶服役的蓝瓦，一片压着一片，覆盖了整个房顶，鱼鳞似的。瓦上流过的雨水滴答到院子里，经过屋檐，像液体的子弹一般，在院子里砸出许多小坑来。瓦上站过鸟，站过松鼠，也站过风和枯叶。它来到我们家里，展览于木架上。不知道老黄看到它们时，会不会想起从童年穿越而来的清脆的雨滴声。

有段时间，老黄迷上了瓦当。他找到一些旧木板，在上边刻下青龙、白虎、朱雀、玄武的"四灵纹"，也有双鱼图和一些福字。刻刀极小，隐藏在手指之下，放眼看去，仿佛手指如虫子般咬下了一片又一片碎木屑，直到完工。那会儿，十几个孩子在我家客厅里学美术，每次到了"拓印"环节，他们都跃跃欲试，一手拿着我亲手缝制的拓包，一手按着宣纸，在那木板上细细拍压之后，墨色的瓦当纹便跃然纸上。

老黄也曾想到过对老家那些瓦做一些加工，雕刻出瓦当纹，或者别的什么，但终究什么也没有做。也许只要将它们收集好，便是最好的保护了。

搜罗旧物似乎是上瘾的，看到老家的一只坛子，老黄也带了回来。据说那是婆婆奶当年的陪嫁，腌过鸡蛋，也腌过咸菜。多少苦日子需要这坛子里的吃食调剂。如今将它搬回来，正好把他对往昔的怀念腌进去。有次，我去郊县办事，顺道探望朋友。她桌子上摆放了一大把干花，细碎的花瓣连成一片，格外迷人。她看出我眼馋，便从柜子顶上搬出一大捧来。我才知道这花叫干枝梅。她一边用旧报纸包上，一边说，前几年，他们夫妇驱车去内蒙古游玩，本想回来时带些特产呢，结果让粉色的干枝梅迷住了，就这样，他们载了一车花归来。我抱着一捧旧年的干枝梅，坐公交车穿过大半个城市，回来后，将它放进那口老坛子里。一口将近百年见证过家族变迁的老坛子和一捧来自草原的干花偶然相遇，竟显出特别的韵味来。

后来，出版社送我一本台历，展开来，是一座纸质的小房子，将它摆于花下，仿佛在这里安排了一户人家。

我理解老黄回乡后四处搜罗旧物的心思，就像我婚后那几年里，每次回家都翻箱倒柜，找寻自己以前的东西，但那些书、日记……都不知去向，就连我的旧衣服也消失不见，后来才发现它们都穿在表妹们身上。我感觉，自己的痕迹正在那个家里消失，就像一棵长在庄稼地里的野草一样，被视为无用之物，被连根拔起，并且弃往它处。那一刻，汹涌而来的失落感，我至今都记得。而村里人看到我，询问的话不再是："回来了？"而是说："来了？"这用词的转换，将我定在那里，感觉某些东西正在被快速地扯断。因而，老黄将那些与童年有关的证物一件件搬回家的时候，我知道，他搬回的不只是物品本身，而是在与时间抢夺记忆。那是一个人经过生命长河的最佳物证。

那天，看着老黄拿着苔帚在靠墙的老窗户前发呆。绿色的窗棂将他高大的身影以及身后的树木和天空隔在不同的格子里，像是一幅被谁刚刚完成的拼图一般。我知道，在那些旧物面前，老黄正在拼接独属于他的记忆地图。

# 匣钵与罐子

在坛子旁边，老黄还发现了一件圆柱体的"陶盆"，一问才知道，它叫匣钵，是一种窑具。在烧制时，用来放置陶、瓷器的坯体，以此来保护它们，不受其他物质或者气体的破坏，简直就是全程"陪烧"的保姆器皿。

那是二叔少年时从一个叫三角闸的地方扛回来的。距今已有五十年的光阴。我们没问过二叔，为什么会将这样一件沉重的器物带回来，但想象那时物资极度匮乏，孩子大人都很会过日子，大约，二叔觉得它能在生活里派上什么用场，便顺手带了回来。后来，我去张家口一个祖辈以制陶为生的古老村落采风，看到道路两旁到处是这样的匣钵，它们堆垒在一起，异常壮观。也有个别被抛至角落的，里边仅有的一点土上长了棵狗尾草。仿佛这匣钵已经习惯于护佑它者，以前是护佑陶器，"退休"后也不甘寂寞，一颗草籽随风吹来，便作了它的避难所，直至这草籽发芽、长大、干枯。狗尾草像个老人一样，蜷在里边，躲避着一场又一场过路的大风。

老黄把那口匣钵搬回来之后，将它搬到我们的工作室，栽了一株造型别致的微型榕树。它的古朴与榕树来回缠绕的根部融为一体。我经常盯着看，把自己想象成极小的点景人物，坐在榕树下发呆。但有段时间，父亲生病，我不得不回山西照顾，这榕树久未浇水，竟然枯死了。哪怕枯死之后，它的造型依旧显出一种沧桑的美感来，以至于我一直都没舍得扔。又一个春天来临时，它的根部竟冒出新的枝芽来，这让我们万分激动，小心照顾着。然而，那段时间，因为时不时就隔离在家，这榕树最终还是枯死了。那枯树停留了半年之久，直到根部萎缩、变形，我们确定它没有再生还的可能，才又换了新土，栽了一棵佛手进去。

这些旧物还远远不够，老黄又从网上淘换来两张桌子，一张茶桌，一张长条桌。茶桌靠墙摆了，放上插了干枝梅的坛子，又在一侧放了一幅我用油画棒临摹的莫迪里阿尼的人像。长条桌异常沉重，老黄嫌弃上边的红色残漆，一点点将它铲掉，直到露出木头的原色来，又用三千号砂纸反复打磨。现在，一切褪去之后，露出它细腻的内心来。木头的独特气息总是会扑面而来。老黄又淘换了六个木凳与它相配。几个人围坐在一起，说出的每一句话，都像是落在一棵老树上的小嫩花。

角落里那口置于架子上的尖底罐子，其实是仿古的工艺品。老黄喜欢它的造型，便网购了来。没想到，快递寄来的时候，却碎成一堆陶片。店家看了照片，同意再寄一个来。老黄捧着那一堆碎陶，迟迟不肯扔掉。那天，正好有邻居来串门，看着堆在一张报纸上的陶片和旁边已经粘好一半参差不齐的罐子，惊讶得直往门外退，仿佛我们是盗窃了古董的贼。

老黄花了好几个晚上才将那罐子粘好，裂痕清晰可见。这时，商家新寄的罐子已经到货，急匆匆拆开，放在完成修复的那只的一侧，意外的效果出现了：有着斑驳裂痕的那只竟因为多了沧桑感显得更为迷人，那些陶片之间的衔接因为粘合了老黄的耐心更加顺眼。为此，我跟他开玩笑：要不，把这只完好的也摔烂，再粘一遍？老黄直摇头，那样的纹理产生于偶然，怕是再摔也出不来特别的效果。况且，黏合的过程何其复杂，何其困难，他不想再重复一遍了。

夏天，回到他的老家，院子里干枯了一年的紫薇树依旧没醒来，老黄不忍它变成柴火，将砍掉的树枝，一段段裁好，带了回来。没想到紫薇树干的红与罐子的灰却搭配出了一种别致的色调，远比一树繁花耐看。

# 黑坛与木匣

多少年里，我故乡的那几只黑坛与一堆干柴做伴，挡在院子边上。其实什么也挡不了，邻居的白猫一跃就趴在了上边。有时停留在上边的是一只花蝴蝶，有时是自家的黑猫。黑猫与黑坛融为一体，简直像隐身了一般。就连牵牛花也不把黑坛当回事儿，大摇大摆爬上去，在上边休息半天，又出溜到院子里来，开花，撒种子，一点儿也不客气。

有的坛子装过米，有的揽过柿子，有的用它往地里送过饭……而爷爷扔在门口的坛子原是放醋用的。那些年，村里人家家会制醋，醋坛子也算是重要家什了。后来这手艺逐渐失传，醋坛子也没了用处。它放在门口，与一个枯树墩紧挨着。巨大的肚子和长细的脖子形成鲜明的对比。等老黄发现时，坛子嘴早已有了破损。但恰是那破损吸引了他。黑坛被抱到我父母家，里里外外擦拭几遍，便亮得反光。

有好几次，老黄都企图将它带回我们家。但因为行李太多，又要带着两个孩子，只好作罢。有一次，想到要不邮寄算了。我弟弟开车捎到山下，它又沉又易碎，快递让保价，一算费用，弟弟直接搬回到山里，说那些钱得买多少个坛子。倒也不再任它风吹日晒，而是收在了厢房里。

一年后，我归乡照顾父母，将这黑坛子搬出来，放置在南边的窗下。于是，我从山间随手采回的花都有了归宿。山桃花、山杏花、杜梨花、山棉花、马茹茹花、紫丁香……这些花开败了，麦子又熟了。收完麦子后，发现地垄上还留着一丛，可能是前一年不小心将麦种撒到那里长出的。于是，将它们连根拔下，回来换掉黑坛里蔫了的花朵。接下来，各种连枝带叶的红色、黄色果实便开始轮番展览，很是养眼。惹得来串门的人一进院子就往它跟前凑，好奇地问，弄这个要做什么？我只能答出一个字：玩。

黑坛展览以我的离开而结束，它再次退居厢房，在里边静修。

但老黄一直念念不忘，跟我说，上次回乡时就见黑坛放在门口呢，可能因为厢房里放了太多菜，被请了出去。下山时很想拎着它走，但因为爷爷的葬礼还未结束，我家院子里又有很多人，作为女婿的他始终没好意思。

那就让它在山里再等些时日吧。我说。

那天，办完爷爷的葬礼，我便去了他曾住的老宅，土墙上伸出一截横着的枣树来，院子里全是荒草，其中还混着前两年种下的韭菜。这一年的时间里，爷爷辗转于各个姑姑家，就算偶尔回来，也住在我父母的窑洞里。推开门，地上因为去年那场暴雨涌进来的淤泥还没有清理掉。堂屋空旷起来，当我意识到，这空旷是因为原来摆放在那里的棺材在这一天的上午随爷爷埋到了地下时，心里便被什么猛地扎了一下。

走进里屋，借着古老的格子窗透进来的光环视，土炕上放着台黑白电视机，墙上张贴的旧报纸已经泛潮，化肥厂送的前几年的过期挂历定格在那个被暴雨袭击的七月。坑坑洼洼的地上摆放着一口瓮，上边盖着个案板，上次归来的时候，我曾帮爷爷在那上边蒸过带枣的馒头。最后边靠墙的是一个褐红色的衣柜。那种衣柜我曾在村里许多人家见过。柜门半开着，我梦到过多次的小木匣就放在中间一层。

小木匣是奶奶当年的陪嫁。记忆里，奶奶常用一个蓝花白底的坛子积攒鸡蛋，再把鸡蛋换来的几块钱小心藏在木匣里。那些年总是在过穷日子。爷爷原是独子，是娇惯着长大的，生活里的事情并不操心。奶奶便像男人一样去山里砍荆条，回来连夜编筐，拿去山下卖。也为了节省，用大家不要的布头缝制被面、门帘、窗帘。小木匣并未装过多少钱财，装的大多是她的无奈。然而，它依旧是我幼年时最为好奇的物件之一。我不明白奶奶为什么总是将它藏来藏去，放在我们够不到的地方。我一直希望能近距离地看看它，但直到奶奶去世，我也没有实现这心愿。我不好意思将它说出口。

如今，爷爷走了，他和奶奶所有的物品也都将慢慢从这村庄里消失。征得叔叔、姑姑们的同意之后，他们都惊讶于我的请求：不就一个小木盒子吗？要它有什么用？

小木匣所在的衣柜里已经空荡荡，它随意地扔在柜子中间那一层。我幼年时那么渴盼的一件东西，中年时竟唾手可得。隔在其间的几十年的厚实光阴就这样消失了。我忍不住鼻子一酸。迟疑片刻之后，我还是拿起它，走出了老宅。

我从未端详过小木匣，它在我成长的记忆里不过是一个够不着的长方形的影子。现在，拿在手里仔细看，上边的铆钉多已生锈，可抽插的盖子边上，有一个挡头。安装好，将盖子轻轻滑动，便锁死了。这精巧的机关，事实上是无用的，倘若偷盗者将盒子拿走，一斧头劈开即可。可见，它并不是用来防贼的。它只是属于奶奶一个人的空间。这木匣所用的木材也并不名贵，却陪伴了奶奶多年。

我将它带到千里之外，自己的家里，放置到书架上。不时打开来看，木头盒子便成了小小的舞台。有关故乡、有关爷爷奶奶的往昔开始在里边展演。我忽然明白，也许，作为陪嫁的物品，它最大的用处，并非盛放奶奶那少得可怜的财物，而是盛放她与娘家有关的念想吧。如今，那一份念想里又融入了我的那一部分。就像一根藤上又结出了新的果子。

# 书药

一

那是我人生中第一次进城，也是第一次看见书店。

屋里的书架塞满了各种图书，地上也摆的到处都是。纸张的味道那么迷人，我呆呆站在门口，挪不动步子。

母亲还沉浸在悲伤的情绪里，就在半小时前，她捏着心电图报告单去找大夫。一个工作牌上写着"实习"的女大夫轻蔑地看了我们一眼，说，窦性心律不齐就是窦性心律不齐啊。她转过身去，母亲依旧凑到跟前问，那我娃的病怎么治？她漫不经心地说，这哪治得好，得去北京治。母亲问，那得多少钱？实习大夫眼珠上翻，朝天花板看看，说，怎么也得二十多万。

二十多万？这对我家来说，是个天文数字。别说二十多万，就是两千块钱我家都不见得有。我从三楼跑下去，城市街道上正开着鲜火火的石榴花，世界如此娇艳蓬勃，而我却时日不多了。那年，我十四岁。

我和母亲一前一后走着，她想说什么却又不知道该说什么，便问我，吃这不，吃那不。我一直摇头。后来，她又说，就算砸锅卖铁也要给我治病。我满心英勇地想，我才不怕死，但绝对不能拖累父母。我在为生命中最后的时间做规划。

我首先想到，要读书。在山村，书是极为罕见的东西，哪怕缺头少尾的一本书，借阅者也都是连排队带抽号，那些书最终都难逃被翻烂的命运。之前，老师找我谈话，叫我不要再看闲书，更不要写小说，都是耽误学习的事。这时一想，反正活不久了，学习好坏也无所谓，倒不如好好享受读书的乐趣。如果可能，我还想开家书店。

　　正想着，眼前就出现了书店。虽然书店的规模并不大，但足以让当时的我兴奋。我呆立于书架前，脸和手烫得要冒汗。店老板说，想买什么书，自己挑！母亲从后边轻轻拍了我一下，我才往前挪了两步。目光被那些文字浸泡着，体内涌动着一股从未有过的力量，这种无法向人诉说的体验和感动让我忘掉了心电图，忘掉了实习医生……似乎整个世界只是捧在手中的一本本书籍。我感觉到自己摸书的那只手在颤抖。

　　接连翻了很多本书，我都规矩地放回原位。母亲看透我的心思，她从未有过的大方，说，喜欢就拿着。

　　但丁的《神曲》，王安忆的《倾城之恋》，林青玄的散文，外加一本盗版的外国文选，加起来将近一百块钱。母亲眼眨也不眨，就把钱交了。

　　那时的小山村，一百块钱是多么金贵呀。在别人质疑的时候，父母从来也不吱声，他们守着我命不久矣的秘密，直到夜深，关上房门，拉上窗帘，才讲起我的病。我听见一声叹息之后，母亲压低声音问，可怎么办呢？回答她的是另一声叹息。

二

　　我休学了。

　　大部分时间，我都钻进桃园，采来一把又一把的野花，在纸上描摹它们的样子。又去拣枯枝，拼成画。我一遍遍翻看那几本书，在文字里信马由缰。鼻血总是不期而至，滴到野花上，书上。我用一团又一团的卫生纸不住擦拭，每次这一切之后，地上的卫生纸摆成一片，好像土地上开出了刺目的花朵。

母亲看着我的样子哀声叹气，唯一能做的就是四处搜集书，好像它们是救命良药。

我那时是多么忧郁，现在想想，我白衣白裙站在房顶上吹响笛子的样子，一定能把父母的心割出道道伤痕。

在城里工作的周叔跟父亲是发小，他来家里后，把我的病历和检查报告带到城里。一周后，周叔特地跑回来，要带我去检查。

摇头晃脑的老大夫坐在一把大木椅上，闭着眼给我号脉。屋子里满是草药的特殊气味。他看了我的瞳孔，又看了舌头。问了些问题后，开了几包中药和一些维生素片。听到医院里实习大夫的言辞，他的眼睛忽然睁大，接着又半眯起来，然后淡淡地说了声"无碍。"

没有像预期的那样，需要砸锅卖铁。周叔付了药费，除此之外，他还给我们一百块当路费。母亲带我去了书店，用欣喜的调子说，挑吧！

在那一年里，我一直认为这是父母和周叔设的骗局。我在许多本书里徘徊，认为自己可以坦然面对生死。是文字让我重新审视父母家人。我有规律地作息，帮着父母做力所能及的事情。

父亲电工的工资微薄，还得去挖矿补贴家用。受一本经营书籍的启发，我忽然想开个小卖部，父母却并不看好，但为了让我顺心，还是把那头老黄牛卖掉，并以此做本，进了货。货架是他们用桐木板架着砖头做成的，我用白报纸把砖头与木板糊了个遍，又在上边描描画画，竟然非常像样了。

小卖部的生意意外地红火，做为奖励，父母有时也会托人给我买书。村里人总是不解，母亲说，她一看书就精神了，让她看书，总比花钱吃药强。

那时，我家成了书籍聚集地。不识字的村里人，撕掉一页书想生火的时候，会忽然想起我。他们送来的，有时是一本民国的学生课本，有时竟是有关夫妻生活的书，令人哭笑不得。

我流鼻血的次数越来越少，一年后，我感觉到了身体里的力量，确信自己真的"无碍"，一个人翻过三道山梁回归校园。父母每每想起来，对实习大夫都抱怨不止，"分明就是看不起乡下人！"

很多年过去了，我发现休学的一年在我记忆里占的版图最大，份量也最重。我知道，是那些书滋养了我的生命。

三

我对书的钟爱，是受爷爷的启蒙。

因为喜爱读书，爷爷在村里有了"文化人"和"懒汉"的名声。若不是家里穷，当时教师的工资又太低，现在，他应该是退休教师，说不定也像汤先生那样被不同的学生探望，格外风光，而不是背着柴禾望着从他家进进出出的汽车。

爷爷这辈子，遵从道家思想，使自己的生活趋于天然。他读过很多医书，明白食物间的属性及辨证。这使得他长寿，八十多了依然身体康健。爷爷宽容，不与人计较，遇到受气的事儿，顶多说句，"跟他吵什么？我跟他讲四书五经，他懂吗？"虽然有些泛酸，但至少避免了一场争吵。

爷爷嘴上说，读书是最无用的，我分明看到许多本书已经在他的生命里汇流成河。每每干活累了，也总是抱着书翻看，过会儿便又精神抖擞。好像读书真能驱散疲乏似的。

得知能去外省读写作班，我心里是狂喜的。我知道外边的世界正在为我打开一扇门。

那时，村里正是私人煤矿开采的高峰期。金钱的诱惑让很多男孩扔掉课本，在矿洞里靠力气谋生。他们早早挣足了钱，把媳妇定下来，日子富足。从表面上看，找一个勤快的挖矿好手，无疑是一个姑娘最好的归宿。尤其像我这样动不动头疼，时不时流鼻血的女孩，跑到外省念书，着实让人不放心，再加上这个专业太不具实用性，进账遥不可及，却要先花上一大笔。就在村里人都反对我读书的时候，爷爷硬是塞给我二百块钱。

到了学校，我认识了更多好作品。每次走进图书馆，我感觉那些字好像都在以书香的方式向我伸触角，我的眼睛如饥似渴，想把它们一一揽过来。我体会着爷爷遇到某一个好句时手舞足蹈的疯狂。

读书似乎可以完成生命的嫁接，那些文字逐渐像羊群一样啃掉了青春期里蚀骨的忧郁，我感觉阳光正从远处一点点漫过来。


四


毕业后的就业极其难，后来有了工作，却又诸多不顺。那时，我跟同学用八十块钱租了一间小屋。我们用尽可能少的钱解决温饱，一有时间就读书，并且分享。我们感动于《我爱比尔》让人心碎的爱情，也着迷于圣埃可苏佩里的哲思。有时也读当时流行的卡耐基。甚至在没有暖气的寒冬，我们一唱一和，假扮红楼梦里的人物。有时伤感，有时发笑，但似乎真能御寒。

每个星期天，我都早早去新华书店，直到《回家》的萨克斯曲响起，才不舍地离开。我发现读书不只能哄心，让它安宁，还能哄胃，每次我都庆幸，又省去了两顿饭费。

就这样，我们以读书的方式成功抵御了那些时光里的窘迫。

而今，我已经在城市立足，也因为写了点东西受到邻里尊重。日子虽然普通，但买书不是难事。并且，在今天，书店、网络……买书是如此便捷。相对十几年前，那个以为自己命不久矣的山村少女，现在的生活无疑是天堂。我不敢说是书改变了我的命运，但它们确实把我磨砺得格外圆润、皮实，并且在生命中的低谷，一再把我的心举向高处。对于人生来说，这真是一场救治。

最令人惊奇的是，我再也没犯过头痛病，鼻血也流得少了，最近这几年，竟一次也没流过。

# 梦想树上的伤疤与花朵

我的梦想萌芽的时间大约是在六岁。

大舅家的堂屋有两根成人腰粗的大柱子，我总喜欢搬一个矮凳在其中一根的下面坐定，听大舅在对面讲他自己的故事。那个时候我大约六岁，大舅家的村里一直没有通电，在我们中间只点着一盏墨水瓶做的油灯。大舅当过兵，去过北京。这在小山村里是了不起的事情。他给我讲北京天安门前的毛主席像，又给我讲他的战友。其实内容我现在一点也记不清了。但是我记得清大舅的表情。我们俩一长一幼，对着灯坐着，影子挂在墙上躺在地上。我们面色绯红，情绪高涨。说着说着，大舅挥起自己手来。要是有个作家听到我这些事，都能写成一本书了。我问大舅，作家是什么，大舅说，作家就是把自己和别人的事情写到书上的人。我说我想当作家。等我当了作家，我就写你的事情。大舅很高兴，说，好，你就当作家！那样子，好像是首长对小兵完成了一次任命。

那之后，我一直努力读书，每篇作文写得用心，我希望我长到足够大可以谱写大舅的人生。但是年龄越长，越读出生命里的沉重与苦涩。不到五十岁的他与世长辞，那之前经受种种病痛给予的折磨以及亲人的冷漠让我伤感却无可奈何。我只能在唢呐的长鸣里擦干泪水。

后来，我才知道，其实当作家正是大舅的梦想，当年转业回乡的时候，他与自己的梦想做了一次彻底的诀别。他曾经写下的那些文字，在回乡之前被付之一炬。然后他跟在姥爷身后开荒，把山林里种满果树。有一年，苹果树正开花，我站在树下，我对大舅说，花朵真漂亮，他说，其实树上的伤疤也漂亮。我才注意起所有树身上的伤痕，苹果树上的伤疤像嘴唇，杨树上的伤疤像眼睛，伤疤和花朵都是树很重要的一部分。

在大家与现实奔跑的那些日子，我的夜晚盛放着文字。我用所有业余时间阅读和书写。那些快乐从指尖到笔尖慢慢扩散，满屋子都是，我迷恋那个八十块钱租来的小屋，它虽然简陋，却让我的文字随意流淌。那些压力和忧愁，从指尖到笔尖，散落到纸上，一切变得好像与自己无关。那段时间，我总期望自己的文字能变成铅字，我用方格纸认真抄写自己的文字，它们被一张邮票带走，然后石沉大海。这样的行为难免引起别人的嘲笑，感觉你是奇怪的人。而我在每次想放弃的时候，总听到大舅的声音：对，你就当作家。每到这时，我就继续坚持一下。直到忽然有一天，有编辑找来，告诉我下一期杂志上就有你的文字，听到这消息后久久不能平静，我至今忘不了那些年忽然收到一份样报的欣喜，稿子什么时候寄出的早已忘记。

许多年里，我一直坚持写作，这一切似乎已经跟大舅无关。我记录自己的快乐，记录自己人生和心灵里遇到的所有境况。在那些毕业后找工作的日子，文字陪我度过人生中最大的恐慌。在竞争激烈的公司里拼搏一天，文字为我的心除尘。在那些情感迷茫的深夜，文字把我的心举向高处，告诉我，坚持做一个傻瓜是对的。那些跟头和恐慌，久而久之不就像树上的伤疤吗，你低下头看着它，好像在看另外一种风景。

大舅还会出现在我梦里，容纳梦的地方，还是那个四面环山的小村落。每天清晨，阳光还没照进矮房子里，青烟已经冲向天空。接着，池塘边响起铃铛声。大舅要去放羊了。没有人知道他有一块属于自己的田野，是他自己把梦想树一斧子放倒了。

现在，写作已经成为我的习惯，书写只给我带来快慰。如果大舅在天有灵，我想说，除了你自己，没有人可以把你的梦想击垮。但我更想说的是感谢，是他无意为我播下了梦想的种子，我感谢命运里有这么一棵梦想树让自己守护，哪怕没有足够的阳光和雨水可以让它结果，我也会自己收获梦想树的花开花落，它的伤疤和花朵。

# 沉进时光之城

在立交桥的侧边，远远就能看到人海，摊位一个接一个，迂回于街巷和小院的边边角角显然已经不够占了，摆摊的人群一直蔓延，顺着马路通到立交桥下的另一端，尽头停着一辆城管车，做了明显的界线。摊位朝着45度的方向拐过去，那里是围墙。与立交桥紧挨的地方，有一道不大的豁口，人们可以从使用率并不很高的几条铁轨，以及铁轨两边大小均匀的青石子上跨过去。接着，从另一边的豁口出去，便是宽阔的马路，它的整洁把二手市场的嘈杂一下子挡了回来。

在二手市场开放的每个日子里，铁轨不过是一道明亮的界线，将卖旧工具的与旧衣帽的隔开，让卖古物的与卖旧鞋的相互平行。你可以看到，这边的青石子上铺了布，躺着论克出售的鹿茸，那边几张破旧报纸上边随意摆放着一双或几双已经脏乱不堪的鞋子，有的鞋带松开，好像刚从谁的脚上脱下来一样。不知道被谁翻旧的书报在铁轨上让风掀动。摆摊人是一副悠闲神态，有的干脆就跑向了别处。铁轨旁边，一截丢掉的烟头，几件旧衣服，旧吹飞机、旧电扇，看上去怎么都不像要出售的货物，更像是某户人家生活的展览。

走在铁轨的两侧，脚底被青石按摩，铁轨变成了一把长凳，坐在上边的人越来越多，我路过他们时，忽然想，假如这条铁轨忽然像火车一样走动，把这些人运走，会是什么情景？

我一直怀疑这些小商贩的真实身份，有些旧物明显不可能再形成市场价值，它们为什么被人执着地摆在那里？这些旧物，他们被什么样的人使用过，用成现在的样子，又为什么会出现在这里？摆摊中的一位老者，他只摆一堆旧衣服，两只款式不一的鞋子，它们看上去孤独、落寞，像是单身的人在等待自己的另一半。

我常常怀疑这些人是为了制造诗意与风景而来的，这位老者就是这样，他把旧物摆在那里，并不担心有谁会拿走，也不担心火车忽然穿过把它们碾碎，他独自涌入人群，去看葫芦摊，他最爱那花生大小的葫芦，不管价钱合不合适，先捏在手里，葫芦上边已经浸了摊主多少的汗液与时光，变得温润，闪耀着光华。很快，就有无数只手从人与人的缝隙里插进来。老者虽然没有谈好价钱，却一直捏着不敢松开，他已经得出经验，一旦松开，这东西便立刻没了踪影。许多东西的交易就是在这样的状况下完成的，买它的人往往还没想好是否需要这件东西，就交了钱，在离开的时候，他一脸得意，"这不好买呢，是从一堆人手里抢来的"。二手市场，最不稀缺的就是独一份的东西，也经常因此酝酿出"抢"的乐趣。

远远看去，一群上了些年岁的男人围着个小摊，让人好奇，去得多了，才知道那是在出售黄色光碟。封面暴露火辣。退休老人是这里最热情的顾客，很多人只是围着观看，他们的目光里燃烧着不肯老去的情欲。

旧书的数量最为可观，价钱也便宜，五块钱可以买到一本原版图书，有些只要一两块钱。它们有的曾是某个图书馆的珍藏，虽然流落至此，可上边的印章还异常清晰，有时候还夹着借书卡，卡上写着某些人的名字，那些字和它们组成的故事在那些人的心里不知道还有没有印记。看到旧书的感觉很欣喜，它们虽然已经失去了新书的纸香，却让书更有书的味道。我有时会喜欢一本书上留下的陌生名字，那些人用不同的线标出的一些美丽的句子，好像能看出，这些句子像石头一样激起过旧主人心湖上的涟漪。有些是赠书，不知道为何沦落至此，我将它带回家，它躺在书柜里，赠者在扉页上的赠语，某人赠予某人，至今还散发着诚恳。更多的书最后的境遇都是当作几毛钱一斤的废纸被变卖，又被人挑中，它们躺在二手市场的摊位上，好像在等待重生。也许，一本旧书蕴藏着的人世的滋味与温度远远超出了我的了解与猜想。

在不少临时搭建的小屋里，成堆散落的书只售一元两元，部分有破损，或者有污渍，但大多印刷精美，保存完整，有的竟然达到了十成新。有几次，我把书带回家，邻居问了好几遍才相信，这确实是我买它们的价格。对方忽然问，书既然这么贱，你还写作干什么？她这一问，让我忽然不知如何作答。我对旧书的喜爱，是缘于获得的满足感，能在一元至五元的价区里找到我喜爱的作品，它给我带来的欢喜大于买到一件漂亮裙子。回到家里，我给它们包上新的书皮，像是家人远道归来的一次沐浴更衣，再请它们入住于书柜，并决定有生之年，决不将它们遗弃。对于书的廉价，我几乎没有以作者的站位来思量。直到在那些摊位上看到朋友的书。想起他创作时的艰辛，书出版时的欣喜，他一定想不到自己多年的心血是这样的境遇。我触摸书上他四处征求意见最终确定的名字，感觉在角落里躺着的不是书，好像是他的孩子。听说，很多国人是不读书的。有时想，人们出书应该像读书那般懂得节制。

木料与树根的摊位是我喜欢的地方。人们仔细打量着，认真挑选，相中以后讨价还价。我喜欢这些根须，也喜欢我的丈夫从中挑选木料的样子，他观看、摩挲，直到找到最中意的一个。回家后，他用在工具摊位上买的极便宜又极简易的工具，对它们进行切割、雕刻、打磨。很多天后，另外一个奇异的物件形成了，跟原本的木料好像没有一丝关系。它们有着天然的形态，让我觉得那块木头里好像本来就住着那样的形象，只是别人没有发现，被我丈夫发现了，他把这个生动的灵性的形象从一块平庸的木头里挖了出来。

几年中，我只要能挪出时间，就会去二手市场。一些老地方多出新的摊位；一些摊位上又添了新的旧货；那些旧衣、旧鞋子仍旧在等着它们可能永远也不会出现的主人；黄色光盘的出售点更加红火。大夏天，穿着厚外套的人迎面走来，向我展示里边的旧物，是几部手机。他满脸神秘地问，要吗？贱着呢，偷的！我还没完全反应过来，他已经钻进人群，走远了。

铁轨上摆摊的危险可能被人意识到，后来被拦截。我这才发现地道桥的存在，之前它的功用大约更偏重于厕所，以至于现在还会跑出浓浓的气味来。人们在幽暗的灯光里摆摊，行人在不同的摊位前来回转悠，不断搜寻、发现。那些旧物和这些人好像沉进了一座时光之城，都变得陈旧了。但它们毕竟不够体面，在城市扩张的同时，这个市场来回转变着它的形状，规模，因而看上去越来越拥挤，人满为患的样子。我心里想着除去卖书的，除去卖工具的，除去卖木料与工艺品的，那些旧物摊真的没有存在下去的必要，可这么多年它却一直那样存在着，不管市场的规模或者可占用的地点如何变幻，它们都拥有着一席之地。它们的主人一年又一年以出售的名义将它们展览，也许，这些摊怕它们一下从货物沦为垃圾才这样做的。当然，这只是我的猜想。

第四辑

# 酿蜜者

# 他乡

## 父母心里的

　　母亲坐在一个土堆上，看着对面的山，在山的另一边住着他年迈的父亲我的姥爷，她并不知道，他已经住进土里两年了。

　　母亲的记忆还定格在一年多前与姥爷会面的那个秋天。早几年，她得了脑溢血，从此，只有半个身子能活动，她不愿意让姥爷看见自己的样子，担心姥爷心里难受。所有的人一起瞒骗着姥爷，告诉他，母亲不在家，去了外省。后来，有人说漏了嘴，那人说看到姥爷听到这消息的时候没有难过，竟然还表现出丝丝欣喜。他们都说他可能老糊涂了，可我能够理解。姥爷一生坎坷，痛失过两个儿子和两个女婿，一个孙子，白发人送黑发人的滋味他已经尝尽。这样一个老人在不见女儿的几年里，心里翻滚着各种猜测。他的女儿虽然身患疾病，但是比他想过的最坏的结果还要好一些。所以，才会出现那样的表情。

　　母亲不知道跨过了多大的心理障碍才同意见姥爷。在老屋里，父女俩终于见面，许久，姥爷颤抖着嘴唇说，这么久，你怎么不回家？满屋子人都落了泪。姥爷怎么能不心疼，他一直握着母亲不能动弹的右手，期望用浓烈的父爱将这只手连着的半个身子唤醒。

　　母亲后来回忆她刚出嫁的那些年。姥姥、姥爷担心她吃穿不够，总来家里看她，有时拿了鸡蛋，又偷偷往鸡蛋下边藏几块钱。在集市上看到我们村子里的人，也要赶紧上前打听打听。有一年，农忙时节，姥姥梦见母亲在她面前哭，非要姥爷放下手里的农活到我们村子里看一看。姥爷跑了好几十里地的山路，到了村外遇到我们村放羊的人，确定我们家没什么事情，就转身回去了。

母亲与我之间还可以通电话，可是姥爷那里没有电话，他们之间的联络只能凭着心里的想念。姥爷去世的消息，大家都没敢告诉母亲，怕她难过，更怕她好不容易控制住的血压。

姥爷去了，这村庄少了一个人的牵挂，母亲少了一个深爱她的人，她怎么可能意识不到，她只是不敢说出口。去年冬天，她一定要父亲把新出的两棵白菜给姥爷送去。其实她哪里是想让父亲真的送白菜，她不过是验证心里的猜想。当她得知姥爷已经去世以后，却出奇的平静。父亲早已准备好的降压药并没有派上用场，却看到母亲一个人拄着拐杖出了院子，去了马路沿上，她在那里久久看着对面那座山。

我想起五年前，父母坐火车穿越千里来唐山参加我的婚礼。早晨，我在车站接他们，他们一出站，先看了头顶的太阳，接着像街道种植的哪种花朵，人们的语言如何，以及我婚礼当天从市区到婆婆所在的村庄，一路的野草与风景，遇到的人，这一切都成为他们日后惦念的元素。甚至每天都要看一下这里的天气预报，在忽然变冷或者忽然变热的时候，一定要打来电话提醒。他们心里装着的异乡，就是女儿从此要生活一生的地方。

我和母亲，作为女性，必然会远嫁到他乡，像一朵蒲公英一样，在另外的地方扎下根。同时，这个地方也在父母的心里扎根。于是，我们的村庄，除了村里人之外，还被一堆异乡人所惦念，一座城市，还被与这城市之外的亲人所惦念，这种惦念形成看不见的最温暖的网络，被隐形安置在某个角度。

虽然他们顺从我的心愿，让我选择了远嫁他乡，但是父母每天都在努力与我所在的城市产生一种关联，好像那样就会离我更近一些。

我感受着父母心里的"他乡"在他们的生活里不断扩张，逐渐成为他们生活的大部分。所以，我必须每年带着丈夫、儿子回家，必须隔两天就让他们听到自己的声音。为此，我在春天就嘱咐父亲，一定多种玉米棒子和南瓜，那时，女儿女婿都会回到他们身边，把所有庄稼收回院子。母亲也总在电话那头数着日历，并且说棒子种上了，棒子苗齐腰了，棒子就要熟了……这竟然成了我们多年不变的契约。

# 巢

一个人坐在一枚果子上，稀疏的头发被风吹起，像是朝着天空或者飞过天空的谁打招呼，抑或是在对着天空照镜子，她在高远的苍穹之上看见了另一个自己。这是我在纸上画下的一幅画。黑白的色块和线条缠绕组合在白纸中央，成为这张白纸黑色的心事。

这画里的情景像极了"巢"字，我无意之中，用更加具象的图形解剖了它。然而在这幅画上发现这个字的意象时，我首先想到的并非鸟巢、蜂巢或者蚁巢，而是九十岁的、我丈夫的奶奶，我的婆婆奶。她腿脚不好，终日坐在炕头。银色的头发变得稀疏、干枯，它们卷曲、翘起，像是连接旧时光的天线。她一张嘴，讲的都是少年往事。比如蓟运河发水，家里没有粮食，她在河边捡到一只大乌龟，带回来，让饿得发慌的家人大吃了一顿；比如日本人路过村子时，忽然折返回来扫荡，她往脸上抹了锅底灰，藏在人群里，瑟瑟发抖；比如她跟着婶婶去讨饭，一个卖烙饼的大叔，把整张大饼都送给她；比如河边的那片芦苇长得真密啊，她要将它们采回织苇席，瘦小的她隐在芦苇荡里，不停挥舞着镰刀，总也割不到头……她眯着眼，不断纠正和确认这些事件的细节。在最后几年中，她所重复的往事出现了多种版本，讲述的次数也逐渐减少，却开始藏东西。

经常，吃完饭，婆婆奶的筷子和碗就不见了。我带孩子去看她，那双皮包骨头的手在被窝里摸来摸去，好半天，终于掏出两块沙琪玛，拿出来塞给孩子。我帮她整理房间，在被窝里找到碗筷之外，还会发现一大团头发。她遵循那古老的教诲：头发亦是神圣之物。不忍心将它们随意丢弃，而是一根根收集起来，藏在被窝里。她一生养育了六个孩子，六个孩子又生出十个子孙，这些子孙大部分也都有了下一代，可谓儿孙满堂。她想他们，但却极少要求他们回来看她，也从不索要什么。每个夜晚来临，她甚至舍不得开灯。那张被子裹着她和她收集的那些物品，像极了一只鸟躺在自己不断衔回的枯草或者漂亮石子建造起的巢里。

她的大儿媳（即我的婆婆）跟我一样不能理解，婆婆奶为什么要把食物和碗筷藏在被窝里？然而，几年之后，婆婆住进了我们在城市的家，只见大大小小的塑料袋或叠或卷被塞进门缝，塞进抽屉，塞进小桌与墙之间的夹缝里。各种购物袋自然是不会放过的，但后来，我们发现连装卫生纸的袋子和面粉袋也在她的收集之列。其次是纸片，各种箱子、盒子都会被她剪开，整齐码放在一处。一开始，我还会因为担心滋生细菌清理掉，后来发现她做这些事情，完全是无意识的。仿佛，收纳这些东西能够让她心安，便由着她去了。

我从网上查阅过这种现象的成因，有的说老人爱收集旧物，可能是老年痴呆的前兆。也有人说，是因为他们经历过穷苦年代，体会过生活的艰辛，所以才要杜绝浪费。然而了解到很多老人都如此，我便想，这是否是一种返祖现象？早在新石器时代的有巢氏，便"构木为巢室，袭叶为衣裳"，"昼拾橡栗，暮栖木上"。我想象着有巢氏在树上生活的样子：那些树木一定古老而粗壮，像一个个巨大的手掌，把每个巢穴举向高处。他们在树上吃喝、睡觉，生儿育女，有点像卡尔维诺在《树上的男爵》中描绘的某些情景。我不清楚两个老人的行为是不是这种古老本能的遗传。

很多鸟类也有收集东西的癖好，比如喜鹊和乌鸦。它们喜欢色彩鲜亮、闪闪发光的小物品，甚至喜欢小型的金属制品、钱币、手绢等等。它们将这些东西收集在巢穴里，以此来向异性展示自己的富有。听说，还有鸟类为了拣拾火红的炭块，不慎将身体烫伤。这多像一个为了爱情冒险做傻事的人。

婆婆总是惦记老家的房子。她在城市里帮我们带孩子，每次一提到回老家，前一天总会失眠，在心里将那些旧物盘点一遍。双脚一踏上那座小院，立马像换了个人，精神抖擞，看哪里都需要收拾、规整。她不喜欢住楼房，总说，那么多人挤在一个大盒子的小盒子里，又不是蜂、蚁。

阳光好的时候，她会下楼晒太阳。我从楼上往下望，几位阿姨穿着厚实的棉袄坐了一排。麻雀们飞飞停停，不时落在离她们不远的地方。跟婆婆聊天的阿姨们也都来自农村，跟她一样，居住在儿女的家里，心底却想念的是故土上的家园。每过一阵，这些老人就会回去一趟，里里外外拾掇一番，像充电一样，呼吸几天老屋里的气息，再过来住上一段时间。

婆婆住惯了的老家，院子里有片竹子，枝叶间住着很多鸟。鸟们归巢之前的景象异常壮观。冬天的黄昏，几百只鸟在旁边掉光叶子的柿子树上、房顶的瓦片上、太阳能上聚集着，叫成一团，像是下班、放学后终于团聚的人类，聊着这一天的所遇所见。直到夜色逐渐深下来，才能把它们的声音淹没。鸟儿也是恋巢的，它们每天晚上回到这竹林里，是那么兴奋。

二

并非所有人都会恋着旧巢，比如少年时期的我。那时，我最怕没能在城市里扎下根，在应该工作的年纪却只能住在老家的房子里。我惧怕我的一生就这样被扣留在大山深处。

在学生时期最后一个暑假，我借用学校的教室，召集村里的小孩给他们上课，教数学、语文，在太阳快落山前，用他们的名字编长长的离奇的故事。这故事不仅吸引了孩子们，还吸引了村庄里的人。每一次，教室里都会黑压压挤成一片。我像个说书人一样，把脑海里的故事搬出来，并且尽可能讲得精彩。为了让他们感受到故事带来的惊喜，我总是时不时把他们的名字缀到故事里，直到现在我还记得，那些人忽然听到自己名字时，眼神里散发出的那种光芒。其实，我是热爱这份工作的，但九月份一来，我就要把教室还给学校里真正的老师，"鸠占鹊巢"让我常常不安。每次放学都会很晚，大家欢笑着带着我的故事回家，而我总是用忧郁的眼神看着两座大山夹缝里的城市之光。

在那个秋天，我将自己逼向了远方。

接着，我开始了租房、换房的历程。租住时，我习惯于把它们称之为"家"。下班后，猫在这临时的住所里，读书、写作、胡思乱想。那些个房子在城市的不同方位，像表针一样，沿着城市中心不断转动。它们有的潮湿、阴暗，有的邻街，晚上总能听到楼下烧烤摊上年轻人忽然传来的尖叫声，不知道是什么扎疼了他。我站在六楼的阳台上，有时能看到楼下有一对男女在电线杆旁互相推搡，又互相拥抱。而自带音箱的摩托车也常从深夜的街道飞奔而过。

那些年里，我所有的努力，好像就是为了搬到一个个新"家"，然后再搬离它们，像跳棋一样，一步步往前挪动。为了方便搬家，在每个出租屋里，我都不太添置大型的家当。推开房门，放眼看到一些蒙了布的所谓大小桌子、衣柜，可能都是些纸箱而已。这样子有点像山村里那些借巢而居的懒鸟们。

但结婚前，搬离那座城市时，需要邮寄的东西也已经像座小山了。

我和丈夫租住在一座大学附近的小房子里。隔壁总是没日没夜播放着当时流行的电视剧《哑巴新娘》主题曲。一天，有人敲门，我打开门，隔着铁丝纱窗看到一个老人端坐在板凳上，吓我一跳。聊了几句才知道，她是我的邻居，因为前两年腿坏了，无法正常行走，只能借助于一只板凳。她怀疑我们是附近那所大学的学生，担心我拿着家里的钱上学，却出来与男朋友同居。她是带着一腔正义感来询问的。其实，那时在这座老年人居多的小区里行走，我和丈夫时常被一些老人指指点点。他们不仅喜欢收纳旧物，还喜欢收纳流言。

我有点气愤，也有点好笑。但为了自证清白，还是拿出刚领了几天的结婚证给她看。她有点不好意思，说看见我们年龄很小，跟她孙子也差不了多少。

有一次，我受到老人的邀请，进入她的房间。那间屋子杂乱，还散发着一股奇怪的难闻气味。屋里光线很暗，窗户被一些塑料品挡住，大约是她捡来的什么东西，这让她看起来像一个体形模糊的影子。我问，您有衣服要洗吗？我可以帮您洗。她说，不用，我有儿子。

她已经独居很多年了。儿子每过两天来一次，给她拿些馒头或者什么吃食。早晚,她都是不吃饭的,只在中午吃一顿。后来,我在门口听到她儿子的抱怨,他大声呵斥,问她为什么把馒头放到被窝里。他一边清理一边大声质问。老人一句话不说,等儿子走了,她挪动着板凳坐在门口望向楼梯。这个从她的子宫出生,从这套房子里长大的儿子就这样走了,对一切充满了嫌弃。而她和那套房子,像两个空旷的被遗弃的巢穴,沉默着。

好半天,我隔着门问,您需要买什么东西,想吃什么就告诉我,我可以帮着买回来。她冷冷地回答,我有儿子。然后,慢慢地关上了那扇破旧的房门。

后来,我们又搬过两次家,才终于有了属于自己的房子。我们在新房各个房间里转悠,像是在自己的领地上巡逻。因为新买的床要散味,只能在另一间房里睡地铺。那段时间,我们用仅有的一点收入还着房贷,添置家具。第一个月买床,第二个月买柜子,第三个月买沙发。到第四个月不能买了,要积攒生孩子的钱。我们像两个鸟类一般,从远方衔来各种东西,精心装扮着这个小家。

夜晚,站在客厅里,丈夫忽然把灯关掉了。我们看向窗外,那里正是万家灯火,一幢幢高楼错落着,树木与路灯交相辉映。我感觉自己的家就藏在这时间的壳里,等着我们两个从各自的故乡出发,相遇,再一起手拉手来到这一刻。心里猛然有种感动,那感动是接受父母买房馈赠所不能体会的。

转眼十年过去了。我们已经把一套房子完全住出了家的气息。孩子在他的作文里写道,感觉我们家住着一位魔法师,原来空空荡荡像出租屋的房间,不知不觉就变得满满当当,越来越好了。

两个卧室外墙的空调眼里都住了鸟,应该是麻雀。我经常隔着墙听它们叽叽喳喳，这两家子鸟，它们都在说什么呢，那应该都是快乐的交谈吧。但更多的时候，是它们在听我们说话。有一次，一只麻雀站在窗外往里看。它大约也好奇它的邻居是一家什么样的人。

在城中村，房东给予的刁难；某一个出租屋里的寒冷；刚搬至一个新的住处，外边墙体上便写下了大大的拆字；房租该交了，可是工资还没有发……那些年的焦虑处境偶尔还会在分解之后重新组合成新的梦，闯进我的意识里。忽然惊醒，坐起来。身旁的丈夫传出轻微的鼾声。两个睡得横七竖八的儿子已经把被子踢开。我给他们一一盖好，重新躺下，像只老鸟一样，在深夜里，在这坚固的巢里，回望着自己在那些年一次又一次的迁徙。

三

说起来，没有谁的房间比舅太奶奶的住处更像巢穴的了。里面堆满了各种树枝、麦子秸秆、玉米秸秆，还有玉米骨头。在她家经常能看到别人家多年前遗弃的旧物。有一次，我甚至看到了我家曾经当垃圾丢掉的一块毛巾，也看到过一个粉色的蝴蝶发卡，被她别在挂历上边。在灰暗的屋子里，这发卡好像随时会飞走似的。

今年夏天的某个午后，舅太奶奶忽然来找我，她说，要是我能在娘家待到冬天，她就储存一罐蜂蜜给我。她告诉我，有次，她去一面土崖下蹲着拾杏，忽然，肩膀上响起"嗡嗡"的声音，她刚要赶走它，却看见接连有几只蜜蜂聚拢过来，这才意识到，原来第一只落在她肩膀上的是只蜂王。她赶紧小心翼翼地跪下，从草丛里一点点往外爬。就在侧边一个小坡上边的杜梨树下，有一处她孙女婿几年前用泥坯造的蜂窝，但这几年，始终空着。她缓慢地爬上小山坡，连头都不敢回，生怕惊扰它们。直到挪至蜂窝门口，她一直跪着，像个虔诚的信徒在等待某种恩赐一样，肩膀上的蜜蜂越聚越多。不一会儿，第一只蜜蜂飞进了蜂窝，紧接着，其他的蜜蜂也一只只飞了进去。这件事发生在这位九十岁老人的身上，她问我预示啥？我觉得很神奇，告诉她这是好兆头。她虽然半信半疑，但是很开心。

她带我和丈夫去看她的蜜蜂。提前就悄悄问我们，是否吃了葱蒜。又说蜜蜂不喜欢这些味道，否则会蜇你的。我们看她挂一根从山里砍来的木棍，摇晃着羸瘦的身子走到那片高大的土崖下，指着蜂窝下边一座古老的宅院，说这是以前地主住过的房子，现在，已经沦落为羊圈。院子里满是黑色的羊粪粒，几只雪白的小羊羔卧在那些古旧的门阶石上。以前她就借居在这房子里，当时舅太爷爷还在。他们一辈子没有生养，一双儿女都是抱着来的。因而，从不对孩子们有所奢望。在舅太爷爷去世前的最后两年里，他走路都不利索了，还要搭着三轮车去锄苗，笑着说，我爬着也能把地里的活干好。

此刻，大门紧锁着，里边放着些杂物。在墙壁高些的地方，是阁楼上的一扇小窗，它像是房子的眼睛一样。让我与它对视的时候，总是想起若干年前，去这房子里探望舅太奶奶、舅太爷爷的情景。屋里总是很黑，感觉人总是躲在暗影里说话。对于房子现在的主人来说，这不过是他们的祖辈在漫长的时间里蜕下的一个重壳。除了空着，圈羊，别无一用。那在墙缝与枯草之间隐匿的沧桑感总是无人相认。我不知道，舅太奶奶看到住了大半生的院子布满羊粪是一种什么样的心情。但她不再往那里看，而是一遍遍轻声告诉我，蜂窝就在上边了。那里有一个像村里供神龛的那种小房子，用砖石砌成，又用泥土抹了一层，前边镶嵌了一个弃用的石磨，上边两个原本放豆子的洞变成了蜜蜂们进出的大门。她说，担心夏天雨多，怕冲坏了蜂窝，便在上边盖了一层塑料布。

脚下杂草丛生，还有一些细微的小野花在青草间开放，像散落在草里的星星。而在这房子的对面和侧面，到处都是废弃的土窑洞，有一间里，还放置着坏了的织布机。舅太奶奶告诉我，这里曾经住着谁的爷爷，谁的太爷爷。她告诉我，我们祖上的窑洞的时候，我忍不住看过去，它在那块有柿子树的田地的里侧。远远望去，像一只猫在大地深处的眼睛，走近了，因为坍塌得厉害，已经变成一个破洞，仔细看，墙壁上还留有曾经的烟火留下的痕迹。

舅太奶奶踩着长得像头发的那种绿草走过去，其间还摔了一跤，没等我上前去扶，她就站了起来，到了那道小坡下边，她向我演示了一遍，是怎样遇到蜜蜂，怎样把它们运送到那间蜂窝的。我们看着小蜜蜂进进出出。她眯着的双眼，藏在满脸的皱纹之中。干瘪的嘴角漾出一层笑意。

我们久久地坐着。在看不见的蜂巢里，蜜蜂们忙忙碌碌，酿造着花蜜。舅太奶奶又说，不管冬天有多少蜜，我都给你留着。顿时，我感觉那些飞进飞出的小蜜蜂仿佛都是她的使者，是她派来给我酿造花蜜的。那蜂巢藏在泥坯房里，多像舅太奶奶对我的心意。

几天之后的一个傍晚，她忽然来找我，问，你刚才是不是来我家了。我说没有。原来，她听见狗叫了好几声，就以为我去看她了，她担心我因为怕狗，没有进门，便一路追来。那时，天色已经暗下来，我不放心她一个人走，便跟去送。走进院子，她呵斥那条狗，并把我挡在身子后边。接着，她在黑乎乎的墙上摸灯绳，灯亮了，但是光线很暗。她说，你快坐着，我给你包了饺子，咱们煮饺子吃。我这才明白，她是先包了饺子要给我吃，才出现了幻听。她往炉子里塞了一截干柴，火光映照在灰黑的墙上。我看见一只狸花猫站在窗台上发呆。灯光太暗了，以至于窗户、猫和外边的树都变成了黑白的剪影。在它们的衬托之下，舅太奶奶的身影看起来更加孤单。

我离开时，她硬是要拄着拐棍出来相送，依旧是把我挡在身后，呵斥那只跃跃欲试的狗，她在我的推辞下，坚持送下那道山坡。压低声音重复着说，今年冬天如果蜂蜜少，我一口都不让别人吃，专门给你留着。其实有她这一句话，我的心里就已经装满了蜜了。

村里人因为外出打工，到处都是空房子。夜风之下，那些空房子在暗处沉默着，所有的一切都变成盛装时间和感激的容器。我站在那里，搜肠刮肚想找一个合适的词，表达我内心的感激，又让她听起来不那么突兀。然而，在家乡话的语系里，竟然没有一个合适的词汇能在此时跳到舌头上。于是，我一遍遍重复着说，您回去吧，家里没人。

而她比我更像个诗人，除了要在冬天给我留一罐蜂蜜，她在我每年归乡时都会送来十个鸡蛋。去山里跑一趟，回来后，让我伸手，往我手心里放一把松子。有时候也送我一把杏，说是路过某棵树下捡的。她还时不时送我两个山楂卷，几个苹果，一把豆角。她说，去坡上转悠，在路边看见了它们，便摘来送你。每次，她那轻描淡写的话都能把我的心紧紧抓住。

面对这位可爱的老人，我忽然感觉，每一件物品，每一种名词，都像是一座年代久远的庙宇，它们的内部聚集了太多生命的祝福、信仰。经过这三十几年的关爱，当我想到鸡蛋时，必将想到她的笑脸，她那粗糙的手。当我想到蜂巢，也必想到她跪着爬上小土坡的样子，她说要为我留一罐蜂蜜时，脸上有羞涩的神情。那些名词背后的含义，需要安静，更安静，才有可能逐渐抵达。

这个深夜，不知道深山里那间如巢一般的房屋中，炉火是否燃得尽心尽力。而她一定会像往常一样，又一次念起我们的名字，就像念一段让自己心安的经文。

几个月前，因为父母身体不好，我在弟弟所在的县城为他们租住了房子。临行前，杀了鸡，送走了狗，卖了父亲的机动三轮车。能送的全部送人。看着我们家那空了的房子和墙下巨大的空了几年的蜂巢相对着，心里的滋味也是复杂的。临行前，我去看了舅太奶奶。她叮嘱说，等你爸妈好了，就回来。房子一旦长久空着，连蚂蚁都会欺负它。我点头应着，并且用力地握着她的手。

# 父母爱情

儿时，天气若好，我们的饭桌一定放在小院里。桌椅都出自父亲之手，他悠然地坐在那里，等母亲端来饭。父亲那时很胖，他总是半挑剔半开玩笑地说，怎么不来几个小菜？母亲早已吃完饭，只等着父亲吃完了收拾碗筷。可父亲偏偏磨蹭。那些年，他俩总是这样，一快一慢，像两种不一样的音律形成了特殊的音效。

父亲的磨蹭总能让母亲恼怒，地里庄稼需要除草，玉米又该种了，别人家已经浇过地……这些事情都伸出触角变成催促母亲的鞭子，让她满心焦虑，而父亲总是慢吞吞的，一副享受生活的神情，好像母亲的催促对于她来说，也是一种享受。父亲的磨蹭只有母亲可以说，若别人一开口，母亲立马拦住，把对方的语言掐死，接着把父亲的种种优点搬出来，抵抗对方的评论。

母亲在她 47 岁那年得了脑出血，这时，才在嘴上承认自己终究没有嫁错人，往日的抱怨随着弱化的语言能力渐渐变淡，升腾出来的是感恩。每天，她都坐在门口的大沙发上，等着父亲从地里归来，日复一日，那沙发也坐烂了。母亲记性开始不好，许多事情送不到嘴边，但年轻时候的事情却愈加清晰。他们订婚时，父亲 16 岁，母亲 14 岁。他们的结合完全是两个家庭的意愿，缘自姥爷和爷爷在山里放羊时的一句戏言。

在漫长的待嫁期里，父亲一直在上学，对于母亲来说，父亲只是个模糊的影子。

父亲兄妹六个，他又是长子，他们结婚时，爷爷奶奶把三间房子中的一间收拾出来，成了他们的新房。一家九口人挤在同一屋檐下，母亲负责做饭，父亲除了电工的工作之外，还要去当小工，帮别人修路。

母亲做梦都想有自己的房子，可那时的日子穷，为他们盖房子，根本就不现实。母亲突发奇想，决定所有的事情都自己做。那时，母亲已有身孕，却坚持跟在父亲身后，开始做砖。做砖本来是年长者才有的手艺，父亲却借来各种工具，挖土、和泥，再把泥放进砖模子里。刚开始，这像是一个古老的游戏，但这样的生活一直持续了一个季度，才终于完成。母亲说，他们每天都会忙到天黑，一闲下来，就要细细数一遍，想象着离新房又近了一步，是多么开心！

之后，父亲便求大爷爷开窑烧砖。隆重的祭神之后，一把火扔进窑口，我父母的心愿就这样被点亮了。

一直到现在，我闻到砖窑烧砖的味道，还会觉得很好闻。母亲这样说我，你就是闻着这个味道出生的。

第二年的春天，我们全族的人都放下手中的事情，开始盖房。无论大人孩子全都上手，用不了多久，房子就成型。这在全村都是一个奇迹。但父亲说，必要的开销还是要有的，竣工那天，他买了一大串鞭炮和几包香烟。

父亲不是木匠，但我们家祖上都以木匠为生，所以他骨子里注定有这样的血液在流动，他开始砍下那些早年间种下的树，做门做窗，也做桌子，后来，还做了两张床。那些东西简易结实，直到现在还是我们家最主要的家具。

我家房子的位置原来是一块很大的庄稼地，地势较高，当年烧砖的时候挖了一大块，那些挖出的土做了砖。后来，又靠着墙根盖了房子，剩下的地方，父亲就种了树，在当时，这不过是他的一个小举动，几年后，我们有了记忆开始，那块地就大变了模样，从五月到九月每月都会有一棵桃树上的桃子成熟。母亲把摘下的桃子分成几份，送给亲戚们，见了乡里乡亲也会通知：到我们家吃桃去！亲戚们来了，吃了母亲做的饭，再摘一大篮桃子走。每年这个时候，我都会想起西游记里王母娘娘的蟠桃盛会。

父亲看着我们吃桃的贪婪样子，总会得意地笑，一边还不忘向老妈自夸一下，"这事呀，做对了，前人栽树后人乘凉"。

那些年，我就坐在这小果园里，感受着暖风吹过树梢，又吹过我的头发，看着树们，它们同我们一样，也是父母一手拉扯大的。在那一刻，我体会到什么叫幸福。那鲜美的桃子呀！成为我很多年梦里时常出现的背景。

有一年，母亲突发奇想，要把山里的野韭菜移植回来，她带领村里的妇女们把野韭菜连根刨回来。为此，她不惜翻山越岭，在山间寻觅壮实的韭菜，等她和一群女人回村里，天色已经完全黑下去，我至今还记得父亲当时焦急等待的神情。在母亲的悉心照料下，野韭菜顺利活下来了，并且长势良好。只是，它们很快的野性很快消失，完全归顺于我的母亲。经过几次雨水冲刷之后，丝毫没有了自己的个性，跟普通家养的韭菜没有任何区别，但它们依然得到了最好的照顾。父亲为了让母亲宽心，此后许多年里，依然称这一畦韭菜为"野韭菜"，等我懂事之后，才明白，这三个字，其实包含了对母亲满山刨野韭菜的疯狂行为的支持。

母亲跟父亲去串亲戚，路过一家人的院子，几株鲜亮的花朵在风里摇曳着，母亲说，这花儿可真漂亮。那是他们之前从未见过的花。令母亲没想到的是，几天后，父亲竟然从外边拿了一株这样的花来，是他朝人家讨来的，这完全不像父亲的办事风格。母亲将它种在地头，几年后，竟然开成了一大丛。有一天，城里的表姑上我们家摘桃子，惊讶地说，你们竟然养了玫瑰！我的父亲自然不知道玫瑰代表什么，他只知道这是母亲喜欢的，单为这一点，就去做了。等我后来把玫瑰花的寓意告诉母亲，她竟然羞红了脸，像个少女一样斜了我一眼，说我：净胡说！其实，无论父亲种下的花是不是玫瑰，它都代表了爱情。

一直以来，园子里的果树都是父亲的骄傲，而树下的地方，母亲自安排，一块种了黄瓜、一块种辣椒，一块种葱，算下来竟也有十几种蔬菜，父亲说，你看，你妈还铺了薄膜呢！翻起来，其实所谓的薄膜就是塑料袋，都是平时积攒下来的，那些田地，种出了一个家所需的所有营养。在老家，我最喜欢在清晨看母亲从菜地晨走出来的样子，母亲用围裙把瓜果兜起来，活像一幅油画里的主角。很多时候，我都觉得是他们踏实创造一个家的态度影响了我们的人生，让我和弟弟无论在哪个城市，哪个岗位，都担得起每个角色。

到后来，母亲生病，不能再干活，父亲却把当年他不让母亲干的活都干起来，似乎这样才能弥补母亲心里巨大的缺憾。有母亲在家，父亲尽可能不外出，偶尔不得不出门的时候，他一定得前把菜炒好，把米放进锅里，让母亲一加热就能有饭吃。

之前，家里的事情，母亲从不让父亲插手。在母亲生病之后，他赶到病床前，满眼是泪，他对家里的事情一无所知，洗衣、做饭这样的家务事，从未插过手，就连家里和亲戚间的各种往来，父亲也全然不知。

但从那一刻起，他们的角色完成了互换。父亲开始学习各种家务，村里的婶子大妈都成为他的老师，他还要照顾母亲，吃喝拉撒样样都不省心。

父亲和母亲活着活着好像成了一个人似的，母亲拿主意，父亲去落实。病后的母亲脾气变得暴躁，可父亲从来也不说什么，她一直耐心劝解，尽量满足她提的每一个要求，两年以后，母亲的脸上时常可以看见欢笑，她眼神透明得像个孩子。母亲时常坐在一棵大树下，摘豆角，她已经学着用那半个健康的身体去生活，用那半个健康的身体感受整个世界的关爱，她对我说，你爸每天那么用心照顾我，让我没有任何理由再哭。

每次回家，站在菜与树之间，看到地头的那丛玫瑰，它们好几株连在一起，俨然一个家族的样子，父亲说的，这花呀，把它种在地里，它才会放心地长。我扭头擦了擦眼泪，觉得这话同样是在说他们之间的爱情。

# 最后的
## 教师

学校紧邻着我家院子，女教师知道我母亲身体不好，我父亲一个人家里家外忙得团团转。她下课后，急匆匆去我家地里帮着把豆角摘回来，还给牛打上一大捆的草。

晚上，她不常陪我母亲聊天，不时有人找她给远处打工的亲人写信，大家给她礼物，她说什么也不要。年轻的父母们大多出去打工，把孩子留给老人，老人们追不动，干脆都给女教师送去，她的班上，连两岁的孩子都有。

她家在山下，交通不便，只能住校，有些星期天，她一大早跑去山里拣柴禾，在我们这里，这一般都是男人们的事情。母亲对父亲说，你把门口的梧桐树好好修剪一下吧。父亲三两下爬上树，除了树尖和住小鸟的那棵斜枝，其他的都砍掉了。女教师感激得不得了。

那时，人们传说，代教老师就要被取消了，村子里的学生们都得去几十里地外的村子上学。她跟平时没什么两样，照例上课，给小点的孩子洗尿了的裤子。

村子里早就犯上了愁，再开学以后，学生们就要去别的村子上学了。可以住校，但只收六岁以上的孩子，虽然有幼儿园，几十里的路，来回跑根本不现实。眼瞅着十二个孩子将近一半只能大的带着小的，整天在村子里疯跑。

传说后来真变成了事实，她恋恋不舍地收拾好东西，十二个小脑袋齐刷刷仰着头看她。

本来说好了，她走那天村里人去送。结果早早来到学校的人看到的却是两扇紧锁的门，父亲这才拍着脑门想起前一天晚上听到的摩托车声。她早就被老公接走了。

老人们终究不放心孩子们自己去那么远的地方上学，每周日下午去送，周五下午又早早地去接，老老少少摸着天黑走回来，一村子人这才放了心。村里不上学的这几个孩子田里地里到处地跑，实在让人不放心。最后，商量来商量去，村干部多方请示，决定一家一个月出八十块钱，把女教师请回来。在外打工的小媳妇说，快别去请了，我给人刷碗，一个月都得一千五。

村长还是去了，回来说，女教师欢喜得很，她说这下好了，又可以教书了。

熟悉的读书声又在村子里飘来荡去，好像有了读书声，村子才是活生生的，读书声才是这个村子的心脏。

趁着下课的空，她就坐在院子里给孩子们缝破了的衣裳，看上去，她更像一个母亲。那些被修剪掉的梧桐树枝早已被风吹干，孩子们拣到女教室的窗下，很快就能听到它们在女教师的炉膛里噼啪作响。

有次下课，孩子们却一转眼不见了踪影，她焦急地喊名字，过了半天，小山梁上冒出一个个小脑袋来，每人手里拿着一捆小树枝，有个孩子说，老师，以后你不用去拣柴禾了。当时，她的眼泪都快流下来了。

有两个孩子被父母带去城市了。暑假过后，又有两个孩子升学去了别的村子。一下雨，她让孩子们挤在她的宿舍里，一边上课，一边给他们煮开水喝。

她家也不富裕，星期天，她去山里采药，还去摘酸枣，打松子。她穿着件红外套，远远看去，小小的一点，像是山里的一枚红豆。有一次她刚从山里回来，就碰到两个孩子背了新买的书包跟她告别。孩子们前几天还跟她说过不会走，现在却因为能去大城市上学，能跟父母天天见面而欣喜。

剩下的六个孩子故意大声地读书，人们预测用不了多久，女教师就会走了。可过了春节，她还是来了，在院子边上种起了蔬菜，村里人才放了心。

其实村里人的担心大可不必，女教师在我们家里已经表明了她的担心，如果孩子们都走了怎么办？她就真当不成老师了。

女教师的蔬菜长势良好，几个孩子趴在栅栏外边看，她笑着说，谁最听话，第一个红透的西红柿就给谁吃。可是，西红柿还没完全红透，孩子们就接二连三地被带走。当教室里剩下最后一个孩子，女教师趴在桌子上大哭起来。被那个孩子不住拉动衣角她才抬起头，她看见那个孩子用细小的树枝在土地上摆出一个大大的房子和许多的小人。她抱起孩子哭。

听说女教师去城里给人当过保姆，也当过服务员，现在在宾馆给人当房嫂，一个月能赚两千多。

她走后，我家再没修剪过那棵梧桐树，我看见学校教室的门锁着，太安静了，一点声音都没有。女教师的菜园子依旧被栅栏围着，长满了野草，引得出圈的羊群每天都顺路来啃几口，满院都滚落着黑色的羊粪粒。我踮着脚尖走过去，在窗口看见教室里的黑板上有被擦得模模糊糊的字迹，我辨认了好半天，是"春天来了"还是"秋天来了"看不太清楚。那是女教师讲的最后一堂课吧。

# 酿蜜者

一

阳光穿过窗户，在病房的地板上，描摹那对新来的父女的轮廓。

他们盘腿对坐在病床上，正为要不要让家人送小米粥而争执。老人说，岁数大了，不吃点喝点，活着还有什么意思？说完，回过头看向我父亲，企图获得同辈人的支持。然而父亲却只是呆呆看着，不作声。他又把目光看向我，定了一下，大约觉得我并不会站在他那边，便又转过脸去。

他女儿已经开始给家里打电话，说不用送粥来，炒菜的时候也少放油。老人嘴里嘟囔着，都是瞎讲究，不就一个血糖吗！面对他的倔强，女儿只得苦笑。

父亲问我，今晚，你就没有地方睡了吧？这句话虽然也在我心里熬炖着，但父亲说话的分贝还是让我有些难为情。那床上的老人听到了，快速回应：我们晚上不在这儿住，你还可以用这张床。

两家人便这样聊起来。老人是因为腰、腿不舒服，过来做康复治疗。知道父亲行动不便，他们鼓励他，父亲便咧着嘴点头，看不出是哭还是在笑。他女儿让我叫她秋姐。在那有一搭没一搭的聊天里，秋姐伏着的身子忽然抬起来，说，昨天，我家娃刚入土。

我以为自己听错了，惊讶地看向她。结果，她却补充道，昨天下的葬。她说话的神情那样平静，让我一时不知该如何回应。她来回扭了扭脖子，身体调换个姿势，将双腿从床边垂下来，接着说，娃才二十八，得了白血病。病房的气氛顿时凝固了，没有人再说话。她父亲也将身体后倾，用一只胳膊肘遮在面前，看不出表情来。

这时，一位老阿姨推门进来，身上裹挟着早春的凛冽气息。她将保温桶放置在小桌上，又转过身摘下白粉相间的头盔，把一件肥大的厚外套脱下，放在一边。显然，这是秋姐的母亲。秋姐急忙将小桌支起，她父亲拧开保温桶便笑了。老伴也笑，但还是叮嘱：小米粥是带了，但你只能喝两口。秋姐气得直瞪眼，对我说，你看，老人就是这么不听话。大家听了，都笑。

小梦最爱吃这个菜。秋姐说完，把一片莲藕夹起来，看着它，好像要从那孔洞里看到另一个世界去。我便猜出，小梦是她的儿子。她说，小梦总不好好吃饭，成天吃垃圾食品，长大后几乎没喝过水，全是碳酸饮料，他这病没准就是出在饮食上。两个老人并不接她的话，只是沉默着吃饭。饭后，她麻利地收拾完碗筷，便开始坐在床上发呆。老阿姨站在一侧，用商量的口吻问，要不，回去休息会儿？秋姐点了点头，但刚走到门口，又折返回来，说，算了，不回家了，去闺女那儿看看，便拎着饭盒走了。

老阿姨从包里掏出一罐蜂蜜，放置在两张病床中间小柜子的台面上，说，一起喝吧，这是我们自家产的。

她把稀疏的白发往后理理，说，为了那些蜜蜂，跑遍了附近的大山。几十年里，她已经对好几个县的开花情况了如指掌，多是追槐花、紫荆花，有时候也追枣花。每年春天，她便开着车下山，过了县城，先是去往南边的山上，在那里驻扎一阵子，等花败了，再一路往北，北边的气候冷些，花开得就晚。我想象着她一路追随花开的样子，倒也觉得这日子浪漫有趣。

她解释，这一年年跑起来，其实很辛苦。她一旁躺着的老伴儿忽然坐直了，说，不管去哪儿，都是她开车，可不就累么。接着，他脸上显出骄傲的神色，说，我不会开车，全靠她呢，我们住在北边的山里，一出村全是下坡路，足有十几里地，我一握方向盘手就哆嗦。说着，他努努下巴，赞叹道，人家真行，一点儿都不怕。

丑姨问父亲，你要喝蜂蜜水吗？父亲摇头，但她还是拿走了父亲的水杯。我看见透明的瓶子里顿时倾下一挂黄而黏稠的瀑布来。在她拿起暖壶倒水的时候，我急忙凑过去。淡黄的蜂蜜被一点点冲开、稀释，那清新的甜随着热气飘散在空气里。

我想给母亲买几瓶蜂蜜，老阿姨让我加了她的联系方式，又指着那号码说，我叫王丑，你就叫我丑姨吧。看我迟疑，她便笑着说，小时候早产，大人怕我活不了，就叫了这么个名字，说是取个难听的名字阎王爷不惦记。

丑姨坐在窗口的椅子上，阳光正好照着她银色的头发，在白墙上反着光，她每晃动一次脑袋，墙上那块光也跟着晃。好半天，她跟我说，我女儿表面上看起来没事，其实心里难受着呢。这不，连家也不想回，去她姑娘家了。又说秋姐不光是没了儿子，男人也没了。三个月的时间里，送走了两个人。儿子一没，儿媳就领着孙子回了娘家。

我错愕地看着丑姨。她继续说，秋姐的女儿已经出嫁了，那时候她跟小梦骨髓配对成功，两个孩子推进去换骨髓，秋姐的老公一着急，突发心脏病，直接倒在楼道里，就没救过来。几个小时后，孩子们从手术

144

室里出来，很成功。秋姐故作镇定，骗他们，说丈夫因为老家有急事，先回去了。本以为小梦能恢复好，没想到，还是走了。

丑姨说着就擦起了眼泪。而那股悲伤的色调让人觉得压抑。我实在无法想象一个女人如何撑控那局面，泪水也被引了出来。

好半天，我们都陷入沉默，只有地上的影子被时间推得歪斜、浅淡。

二

还是聊回到了蜂蜜。

丑姨说，她接手的第一窝蜜蜂是意外的客人，那个春天，她一边要侍候瘫痪的公婆，一边要照看同样身体不好的父母和孤寡的舅舅。孩子们又小，她忙得团团转，猛然从柴垛上看见那块正在晾晒的红布上落满了蜜蜂，心里便一阵惊喜，急匆匆搭起了蜂房。

父亲说，我们那里养蜜蜂的人家，也是这样，遇到某个蜂王领着一群蜜蜂停落在院子里，或者树上，被主人看见，便用土坯，或者将一个小瓮放倒再挡上篦子做成蜂房，供它们居住。到冬天，幸运的话，就能攒下一些蜂蜜，但也有的，不仅没弄到蜂蜜，反而要搭进去不少白糖，救济那些正在过冬的蜜蜂。但不管怎样，蜜蜂都是吉祥的象征，哪怕搭了白糖，主人家也高兴。

丑姨笑着点头，表示同意。她从小身体不好，也没念过书，等到婚嫁年龄，作为家里的老大，只好听从父母的安排，嫁给了同村的丈夫，为的是方便照顾娘家。她老伴听了就笑，说，人家那会儿其实心里委屈得很，但觉得我兄弟多，能照顾他们，这才同意了。丑姨说，其实什么光也没沾着。兄弟们各有各的打算，供他们吃饭、读书，倒真是过得艰难。在她最累的时候，那窝蜜蜂就来了，她相信那是个好兆头，为此，高兴了好一阵子。

丑姨虽然不识字，但爱听广播，从那里，她知道世界上还有其他的活法，在蜜蜂来临的那天，她忽然意识到自己的生活似乎应该有点儿变化，那时，广播里正在播放邻县一个种植大户的故事。

决定种树，是她和丈夫好几个不眠之夜商量后的结果。他们往布兜里装了几个馒头，又抓了几头大蒜，便向邻县那个传说中的村庄走去。整个过程曲折又魔幻，好在，他们如愿到了那座梦想象中的果园，树上开着他们那座山上少见的粉白花朵，真是馋人。但买树苗需要本钱，丈夫劝她回头，她挺执拗，硬着头皮把亲戚和村里人都借了一遍。没有人会相信她能让那座荒山上长满果树，都说她听收音机听魔怔了。

她忽然笑着看我，反问，你说说，人活一辈子，谁还不兴魔怔一回？

那些树苗是驾着牛车拉回来的，为了让它们尽快扎下根，她跟丈夫，还有几个亲戚，不分昼夜地干活，他们在地里搭起临时的草棚，白天在地里忙，晚上就轮换着在草棚里休息。

第二年春天，蜜蜂们在花瓣上弓着腰采蜜，她和丈夫以同样的姿势在树下忙碌。几年之后，那座山上长满了果树，品相好不说，因为山顶干旱，雨水较少，光照充分，反而让他们的苹果比别人种植的都要甜，就好像蜜蜂在那些果实还是花朵的时候偷偷撒了蜜一般。这引得别的地方的人眼馋，也时不时来参观。丑姨脑子活，除了卖苹果之外，也让丈夫学会了嫁接，育苗，做起卖树苗的生意来。说到这里，她笑了，告诉我，你春天的时候，可以去我们村里，那满山粉的白的苹果花、桃花，一片又一片，基本都是咱家的。我想象着，眼前这个女人在四十年前，为一座光秃秃的山戴上一顶花帽子的喜人场面。

146

提起种树，父亲也有说不完的话，在村里，他没少把那些被羊啃断的树苗救活，也经常让一些平常的果树在完成嫁接之后，结出又大又甜的果实。

丑姨说，她没有搭一勺白糖，就在蜜蜂驻扎下来的第一个冬天，收获了蜂蜜，自己没舍得吃，全匀给了家里人。她从他们的表情里收获着那种不同寻常的甜蜜。她说这话的时候，当年的甜蜜好像能透过她的神情渗出来似的。她没想到，竟然能遇到第二窝蜜蜂，那个春天，她正在给果树疏花，就看见几只蜜蜂落在一棵果树上，并且越聚越多，她干脆就地取材，找了个木箱为它们搭窝。它们便成了整个春天果园里最勤快的义工。

她的果园经营得很顺利，四个孩子也都上了小学，便想到，要能收获更多蜂蜜，该多好。为此，她托人找到了学习养蜂技术的地方，并开启了追逐花开的日子。大多时候是她跟丈夫一起去山里，有时，家里有事儿，便剩她一个人。

他们常住在马路边、河岸上，甚至山岗上，那些小可爱在花朵间忙碌着，而她在山谷里生起一缕炊烟，将取来的山泉倒进铁壶，架在火苗上煮。凡过路人只要不太急，都能从她这里得到一碗蜂蜜水。

我想着他们在山上放蜂的日子，夜晚，漫天的星光洒满了天幕，昆虫肆无忌惮地唱着歌，他们坐在石头上，享受着这一切，仿佛他们不只是放蜂人，也是牧放星星的人，牧放昆虫的人。

父亲却打断我，说，根本不是你想的那样，蜜蜂娇贵得很，吃一葱蒜往跟前凑都不行，得用心照顾呢。

丑姨点头说，是的，在山里的日子一点也不悠闲，那些蜜蜂幼虫可容不得你偷懒，幼虫移到其他蜂箱时，大小要正合适，才会服从于蜂王。

另外，饲喂、取浆也是麻烦事，这几项工作就能让人忙到半夜，如果不及时取浆，没准王台就封盖了。在天气不好的日子，还要时时关注蜜蜂的状态，如果连续几天下雨，还得给它们喂些糖水。

他们在山里，天天盯着收音机里的天气预报，又要时时看天相，生怕遇到暴风雨。但有时，天时、地利都占了，却又会遇到其他的事儿。那回，他们去了一座深山，那里有一大片酸枣花，附近又有水源，正是放蜂的好地方。那天，太阳刚从山坡上滑下去，一辆卡车便停在了不远处，开车的男人走下来，拿着工具折腾好半天，说是车坏了。正是晚饭时分，丑姨便招呼他过来，递过去一双筷子，让他先吃饭。那晚，男人说要住在车里，第二天再找人来修。半夜，他们听见车响，只以为那人睡不着，尝试着修车呢。没想到，等二天醒来的时候，车和人都已不见，丑姨正遗憾，没来得及送他瓶蜂蜜的时候，忽然就听见了丈夫的尖叫，她跑过去，只见，蜂箱忽然消失了大半，被人偷走了。这让他们懊恼了好一阵子。

即便如此，他们还是重振旗鼓，来年，依旧走在追随花开的路上。见到陌生人，丑姨还是会忍不住送上一碗蜂蜜水。

她说，总不能因为遇到过一回坏人，把全世界的人都当作坏人吧。听到这话，父亲在床上拍起大腿，直赞，这话说得好。

父亲说起自己的事情，他想起，在故乡牛圈里的一面墙上，曾挂满各种型号的锯子，而在另一间屋子里的床下，放着他亲自钉的大木箱，里头装满了各种工具。那些年，他的工具被人借走，有时说是借，但在村里转来转去，竟渐渐丢失了，再也无法追回。但后来，别人再来借，他还是不会拒绝。说着，父亲竟皱起鼻子哭起来。前一年的脑出血和新得的脑梗，让他变得沮丧。他一遍遍回想几十年里丢失的那些具体物件，仿佛想起它们的丢失便能让无法正常行走的无奈减轻一些。事实上，他越想越生气，不仅想到那些丢失的物品，也想到曾经在我们家借粮食、借钱的亲戚，这些东西累加在一起，让他变得如此不幸。他说，正因为他的不幸，才让我和弟弟过得这样疲惫。

父亲坐在病房的夕阳里哭，我只能默默递上纸巾。

好半天，他才又说，你妈那时候总怪我，怎么还把东西借别人。说完这句话，父亲委屈得像个孩子，"我怎么能说出口，不借给他们呢。"

丑姨劝父亲，别难过，老天爷还给了你这么好的女儿呢。一听这话，他的脸上立马就有了笑模样，如数家珍地跟他们讲着我的好。丑姨笑着说，你看，多想想女儿的好，不就高兴了？

护士发过药之后，丑姨和老伴开始穿外套。夜间值班的大夫走进来，阻拦他们。丑姨压低声音，用祈求的口吻说，就让我们回去吧，我女儿一个人在家里睡不着。大夫疑惑地问，你女儿多大了？丑姨也不多解释，只说，就一晚，明天一定让老伴一定留在这里。大夫看他们焦急的神情，又翻了翻病历，叮嘱一番，便转身走了。

丑姨临走前，把装满蜂蜜的瓶子往我这边推了推，示意我们随便喝。隔着窗户，我看见戴着头盔的老两口摇摇晃晃走在医院的广场上，她老伴笨拙地爬上三轮车，丑姨从座位下的箱子里扯出一张花被子围在他身上，便开着三轮车出了医院的大门。


三


夜晚，病房里只剩下我和父亲。我哄他去锻炼身体，但父亲却一动不动。除了吃食，很难有什么东西能让他有动力。我也常常生出无力感，支撑不下去的时候，就躲到卫生间，给千里之外的丈夫打电话，或者，一个人对着镜子深呼吸。卫生间的门，为我隔开了一间独属于一个人的"蜂房"，我要独自用时间在心里酿造出一点儿蜜，才能有力气照顾病中的父亲，才能面对他忽然来临的哭泣。

其他病房总是会传来尖盾的声音，一左一右，像是一种呼应。那两个病人跟父亲一样，都是脑出血患者，左边那位已经住了将近一年院，他处于失语状态，但骂人的话吐字却格外清晰。在训练室，我看到老伴扇他耳光，当时觉得她心狠，我们在水房相遇，她掀开衣服给我看，深深的咬痕在胳膊上胡乱排列着，新伤、旧痕布满了皮肤。她方言很重，重复了好几遍，我才听清，说的是，没病时，他就打她，现在，身子不会动了，又调动起牙齿，只要她一靠近，他就冷不防咬上一口。她抹起眼泪，说，我打他，都是为了让他好好锻炼，好好活着。他们这种病，不锻炼就完了。

她让我在街角的饭店帮忙捎过刀削面，只要一碗。她喂老伴吃热乎的面条，自己却嚼着上一顿的剩菜。隔着门上的玻璃，我看见那个穿红毛巾的瘦小的身躯弯着腰吃饭，便格外心疼。他们家住着单间，里边摆放的到处都是自家的东西，以前我以为她家境好，后来才知道，因为老伴太折腾，没人愿意跟他们同病房。在水房里，她皱着眉头说，我劝他多少遍了，他晚上还是尖叫、折腾，这笔钱是怎么也省不下了。

右边那家的病人出血量高达上百毫升，只得做开颅手术，他的脑袋像是被削了一大块似的。这个曾经精明的商人，变得疯癫，成天胡言乱语，一到晚上，就不停叫喊，有一天，他还拨通了110，说有人想害他。他的妻子从原本的丰腴迅速苗条起来。

我和左右两位阿姨常在水房碰头儿，很长时间里，水房仿佛我们共同的解压阀。"不能放弃他们！""他们又不是故意的，会好的。""别泄气！"这是那段时间，我们见面时常说的话。那两位大叔跟父亲同一年出生，他们都不愿意锻炼，只想躺在床上发呆。他们并不知道，水房里的潮湿，有一部分来自亲人的眼泪。

他们羡慕父亲至少不闹腾，是的，父亲依然有清晰的思维。当我劝他，一定要好好锻炼时，他便呆呆看着医院病房墙上的白，沉默好长时间，才低声说，我已经这样了，还能怎么样呢？我一时竟不知道如何接话。

天亮之后，丑姨老两口推门进来，她把我买的几瓶蜂蜜递过来，又忙去打开保温桶，盛出两碗饭，却转身端给我和父亲。那是两碗白蒿苦累，在这个季节算是稀罕物。父亲感动得不知如何是好，要知道，每年早春，他都去跑去山里挖白蒿，做这样的饭给母亲吃。丑姨说，女儿天不亮就醒了，在客厅里来回走，她干脆陪她出去遛弯，一走就走到了远处的麦田里，看见野菜已经泛青，挖了些。回家后，有意多做了两碗，想让我们也尝尝鲜。我吃着这种用面和了蔬菜蒸成的吃食，琢磨着"苦累"这两个字。早春野菜的清新气息在唇齿间流连，但想到那位刚刚丧子的母亲，和陪着丧子女儿的老母亲，如何在清晨采下那一棵又一棵的野菜，竟然还想着关照刚刚认识的我们，心里不禁泛起一丝暖意。

我将两个空碗还给丑姨，白蒿苦累以我察觉不到的方式在胃里悄悄消解着。

我给父亲冲了杯蜂蜜，他让我也给自己冲上一杯。护士们推着车进来，准备给病人们敷滚烫的白蜡，做蜡疗。

我尝了一口蜂蜜水，甘甜的气息直往心里钻。丑姨看我赞叹，脸上露出满意的神情。她说，现在还有三十多箱蜜蜂，与最红火时完全不能相提并论。我本以为是市场竞争导致的，她却摇头，说是没有人继承。

她已经七十多岁，再走在那些陡峭的山路上，猛地瞥见旁边的悬崖，腿便有些抖。虽然她比年轻时更喜欢那山涧野花的芬芳，喜欢那挂在山间一小片天空上的星斗，但她已经不想再冒险。

父亲歪过头说，让孩子们干！

丑姨苦笑，十几年前，她分过一次家，把果园交给了儿子儿媳，老两口一心侍候蜜蜂。但没过一年，儿子便厌倦了，说弄果园太辛苦，还是喜欢在山间放蜂的神仙日子。无奈，丑姨只得由着他。结果，只一个季度，蜜蜂便死伤无数。丑姨看着那一个个空巢，暗自伤神。这还不算，在那个春天，儿媳跟儿子离婚，嫁了别人。她不仅接手了蜜蜂，还接手了幼小的孙女。自此，开往深山的卡车上，便多了一个小女孩。她带她在山里吃住，忙的时候，用布条系在后背上，一有工夫，便带她去看星星和萤火虫，也追逐蝴蝶和溪水。现在，那孩子已经长成少女。

一讲起孙女，她脸上的表情便丰富起来。老伴也开始不断插话，两个人你一言我一语，描述着孩子带给他们的美好记忆。

那些年，她总为儿子担心。这个动不动朝他们要钱的儿子，有些年贩卖名犬，有些年养殖猪，这两年他玩上了信鸽。本来，他们觉得他玩物丧志，直到他参加过一次赛鸽比赛。那些鸽子被蒙在笼子里，带到千里之外的内蒙古、张家口，甚至更远的地方，这些神奇的精灵，竟然能辨别回归的航线。有一次，一只鸽子没有及时归队，他们以为它可能遭遇意外死了，但半个月后，它却忽然落在了他们的窗棂上。丑姨看见儿子耐心地检查鸽子的身体，说它翅膀上受过伤。她发现，儿子对待鸽子远比对待自己的孩子更有热情，便释然了。她直对我说，信鸽天生就适合航行，蜜蜂天生就适合酿蜜，你不服不行。我想，丑姨想说的可能是宿命。她无法让儿子沿着他们一路走来的轨迹生活，就像几十年前，她忽然从收音机里得到启示一样。这一辈子，儿孙早晚也会变成自己人生里的酿蜜者。

下午，父亲康复回来，便躺在床上休息，我急忙打开笔记本电脑，在他的脚边写作。我是一个专职的写作者，以码字的方式饲养生活。这几年春天，我总被父母生病的消息召唤到医院里。在不同的病房，我都过着这样的生活，伺候病中的父母，抽空写一些文字。其实这些疲惫不算什么，最要命的是时常生出的绝望感，和两个儿子想我时产生的那种撕扯感。我总是有意屏蔽伤感，让自己以开心果的样子出现在父亲面前。不多会儿，丑姨跟老伴也康复回来了，她忽然把我的身体扶直，说，那样对身体不好，你得多疼自己。说着，她竟然帮我揉起了肩，我感受着来自她掌心的温热，一开始还不自在，渐渐便觉得整个身心都得到了放松。

可后来，无论我怎么哄父亲，他都不动。他哭丧着脸说，他不想锻炼，每天就是锻炼，锻炼，有没有完？甚至发着狠说，我没想到，你也是这个德性！从小到大，父亲从未训斥过我，我顿时被他说话的口气惊呆了。

我转身去了卫生间，听到丑姨老两口在劝父亲。他们说，孩子都是为了咱们好，再说，你锻炼得好一些，他们也轻松点……父亲不再说话。

在水房里，丑姨跟我合力给饮水机换了一桶水。她夸赞我坚强的时候，我却无法呈上自己的心事。成年后，我的心似乎从未放松过，我拼命攒钱，就为了父母从山村的穷日子里解脱出来。可母亲四几十岁就病了。后来，父亲也病了。我感觉命运像鞭子，一直在我身后耀武扬威，让我不得停歇。从那以后，我不管收获再甜的果子，里边都有一份无法抹去的遗憾。这些年，我总是哄骗自己，也哄骗家人，每次看到他们消极的情绪，我都像一个在雨天拼命堵住房顶漏洞的人，迅速地安慰着他们，如果再慢一点，我怕自己比他们还沮丧。丑姨的手和那天傍晚最后一缕阳光合力搭在我肩上，她说，你得多疼自己。

回到病房，丑姨为我沏了杯蜂蜜水。忽然，左边那间病房里传来了尖叫，接着是右边的，不时还伴有争吵。不一会儿，几个病房的家属都去了水房。看似是去接水，其实是为了让自己透一口气。

丑姨端着玻璃瓶也走向水房，给几个病房的家属一人沏了一杯蜂蜜水。整个楼道里，因为病痛带来的无奈似乎瞬间被这蜂蜜的甘甜遮盖住了。不一会儿，其他病房的人送来了苹果、梨、酸奶。丑姨慈祥地笑着，却通通不收，只说年岁大了，不能贪吃。

四

丑姨给我看过她手机上一张少女的照片，说，那是她孙女。这孩子本以为继母是亲生母亲，只是因为重男轻女，对她冷淡些，却在无意中看到了压在炕垫下的一张离婚判决书。那上边写明，她被判给了父亲，母亲每个月支付五百块抚养费。孩子哭着闹着要找她亲生母亲。

丑姨说，她逃学去城里找她妈，可她妈已经成家，又有了儿子，根本想相认。孙女委屈极了，她出门就去了派出所，那位好心的警察协调了半天，她亲妈依旧不相认，又不想给她生活费，这个十四岁的山村少女硬是通过网络上的信息指引，把母亲告上了法庭，索回了十几年的生活费。官司打赢的那一天，她摇晃着银行卡给家人看，活像个打了胜仗的女将军。直到晚上，大家都睡了，她才躲在被窝里哭。丑姨也哭，只是不敢出声，生怕一不小心把孙女的眼泪惊碎似的。

因为这件事，她也释然了，说，你看，一辈人有一辈人的活法，我还操那么多心干啥。

我希望母亲也能有这样的想法，不必事事为我们悬心。可她身体不好之后，依然打听每一件事情的细节，有次，我说，你别那么操心了，让自己开心就好。我话音还没落，她便大哭起来。我意识到自己可能说错了话，一直安慰她，好半天之后，她才说，现在，我这样，除了为你们操心，还能做什么呢。

夜晚，丑姨走了，她老伴躺在床上，跟父亲聊起了农事。一听到树木和庄稼，父亲的语言立马鲜活起来。他谈自己嫁接树的几种方法，也向对方询问一些不解的地方，哪怕他几乎不可能再回到山里劳作。他讲这些年的经历，讲对我的亏欠。说我坐了两个月子，他们都没能去侍候，也没能帮我带一天孩子，说几乎没给过我儿子们钱……父亲感叹，不知道是我命不好，还是他们命不好。

我已经听不下去，转身去了洗手间，但隐约听见父亲还在那里讲述。从小到大，我们父女相聚最多的时间是在医院。我在文章里写过那些经历，但从未听过父亲以自己的视角来回忆那些日子。他放大了我对他的照顾，把自己经受的痛苦，以及因为用药失误导致的抢救全都模糊掉。同一段经历，我们回忆的底色竟然那样不同。

那一晚，两个老人在病床上交换着彼此大半生的经历，早年的饥饿，青年时的种种劳碌，一辈子的艰辛，就那么度过了。我躺在旁边的长椅上，迷糊中，我听到父亲说，我女儿这一辈真是不好活，好不容易在外边站住脚了，还得惦记、养活老家的父母，心得掰成两半儿，太累，咱们虽然也累，可咱们是农民，父母就在身边，安心尽孝就行。

没想到，父亲能这样理解我。在那张狭窄的沙发上，我有意调匀呼吸，生怕自己一不小心会发出哽咽的声音。

几天后，丑姨的老伴放下电话，就嚷嚷着要出院，他说从视频上看到山里的桃花已经开了，他要回去照顾那些果树和蜜蜂。好像那花朵催逼得他无法安宁一样，他急得在病房里走来走去，甚至在输液的时候，要求护士把液体调到最快的速度。这时，秋姐才告诉她，丑姨之所以今天没来，其实是因为前一天晚上已经回去了。如此一来，他却更不放心。秋姐怎么也劝不住。下午，病房里挤满了他的亲人，全是丑姨故事里的那些主角，他的儿女和孙女外孙女都聚集在一起，劝老人安心治病。

父亲也说，你就安心住着吧。他却拍着前几天还疼痛不已的腿说，一听家里有活儿，我这老伙计立马就好了。

丑姨将近傍晚赶了来，她特地送给我一袋苹果，说是她家树上结的。她劝不住老伴，只好去帮他办出院手续，收拾东西。一边收拾，一边劝秋姐跟她回老家。但秋姐想了半天，却说，不想回去。

临走时，丑姨约我，以后一定去她家的山上看看，我点头，但心里知道，以后可能再也不会相见。

父亲出院之前，右边病房的那家人也已经出了院，他们对康复不再抱任何希望，只想着回家慢慢锻炼。而左边那家，他们打算长久地住下去。那位阿姨跟我最后一次在水房相遇时，告诉我，她唯一的儿子十年前就因为意外，走了。所以，无论如何，她不能放弃老伴儿。

我不知道该说什么，只是紧紧握住她的手，并将丑姨说给我的话转送给她，"你得多心疼自己。"她说了一通方言，我没有听清内容，却看见她的眼眶湿了。

推着父亲进了电梯，只见显示器上的数字快速地减少着，电梯门再次打开，春风便吹了进来。

站在停车场，回头望住院楼那一排排的窗户，忽然感觉这高楼像极了蜂巢，每一个人都在其中过滤着各种无奈与苦痛，努力从心里分泌出一丁点儿的甘甜，来支撑自己往前走。

　　后来，父亲又犯过一次病，母亲也犯过一回，连续几年的春天，我都在医院里度过，我总是会想起丑姨，那个白发的酿蜜者，她一路坎坷，却总能自洽，还能随时安慰别人。在我不如意的时候，在我被种种现实快要打倒的时候，我的肩膀便会不由自主感觉到一阵温热，接着，耳边回响起那句话："对自己好点儿！"我想，这是丑姨留给我最珍贵的一滴蜜。

　　在那间出租屋，父亲常会提起丑姨一家，羡慕他们老两口比自己大很多岁，还能在田地里奔忙。有时候，他也会长叹，人活着到底是为了什么？母亲从不追问，她用仅能活动的那只左手吃力地抱着拖把，在水泥地上努力擦拭着，只见地面上出现一条条粗线，接着，这些线把整个水泥地填满。母亲坐下来休息，脸上露出颇有成就感的笑容。我不知道，母亲的举动和神情算不算诸多答案中的一种。

# 陪父亲康复训练的日子

一

窑洞顶上的白色墙皮一块块脱落，形成了一连串奇特的图案。我总是盯着它们看，那头奔跑的猪后背上又掉了一块，显出灰色的"个"字形轮廓，像是这猪驮了个人，又因为奔跑的速度太快，他不由得张开了胳膊。两只鸟也不甘心，在后边飞着追。旁边是一棵树，细看，又像是一前一后走路的两个人，只不过前边人的影子与后边人的身体连到一起，混成了一片。当然，如果盯的时间够久，这些形状又会被推翻，找到某些新的联系来。每天，我都要从炕上、地上扫走一些新的白墙皮，感受着窑洞顶上些微的变化。潮湿在我家房顶上偷偷雕刻着各种寓言，让人破译。

从父母住的那孔窑里，我看到过云朵、恐龙，也看到过飞禽走兽，回到娘家，陪父亲康复训练的几个月里，很想从那里解读出一点生活的暗示来，但却总是一无所获。

每个清晨，右侧身体瘫痪11年的母亲用左手一颗颗系好扣子，叠被，再教刚刚左侧瘫痪的父亲如何顺利穿好衣服。父亲病后有了单侧忽略的症状，放在左边的菜他注意不到，站在左侧的人，他关注不到，而左侧的身体也常常被遗忘。他总是把右边的衣服穿好了，才发现左侧的胳膊在一旁毫无知觉地垂着。他奇怪地盯着这只胳膊，仿佛它是身体里忽然长出的一截木头。这时才想起，应该先穿患病的那一侧才对。他一边自责一边脱掉已经穿好的右侧的衣服，再往左胳膊上套。

母亲的语言系统受损，常常张口忘字，她总是忍不住以尖叫来阻止，纠正父亲某一个错误的动作或者行为。脸上的表情显然不受控制，先是大笑，笑到浑身不住颤抖，甚至尿裤子。但笑声还未停止，脸便皱作一团，泪水顺着皱纹拐着弯流了下来。

有几次，我尝试过去帮忙，母亲却伸出手轰我。你能永远陪着我们吗？她问，眼神极其犀利。这话让我无法回答，只好退后，去扫院子。这曾是父亲每天要做的事情，他像个僧人一样坚持着，哪怕前一夜的大风已经把院子吹得足够干净，也要固执地让扫帚刮擦土地的声音在清晨时的院子里准时响起。

为了父亲能顺利出门，弟弟把两道门槛都给锯掉了。现在，他们从屋里走出来。父亲用右手挂着一根刷红漆的拐杖，母亲用左手挂着一根榆木拐杖，是父亲亲手为她做的。他们使足了全力，用健康的那侧拖着另一侧。这幕场景会让我忽然愣住，感觉命运又荒诞又残忍。过会儿，才硬着头皮挥动那把扫帚，继续扫地。这把扫帚经年累月与院子刮擦，早已经没有了叶子和细枝，像是一捆竹竿。

父亲看到我，本能地攥紧了拐杖，慌忙解释，再走几步，我就把这拐杖放下。他自己也明白，锻炼的时候不能用拐杖，否则对它形成依赖，以后就很难戒掉了。但他总想用那拐杖来安慰自己，哪怕坐在椅子上，也要把它握在手里，仿佛它是一根定心杖。在医院做了两个月的康复训练之后，他回来坐惯了轮椅，换成凳子，都会紧张到尖叫，好像没有扶手的凳子四面都是无底的悬崖。为此，我不得不一遍遍安慰他，鼓励他。他实在害怕得紧，我就让他抓住自己的衣角。他的左手提到了胸口，攥得紧紧的，掰都掰不开。

穿过院子，他们去了与我家相邻的村委会的空场，平坦的洋灰地很适合锻炼。在这空场的正中央，矗立着一面红旗，他们就围绕着红旗转圈。两把椅子已经摆放在红旗下，让他们累的时候，可以歇息。母亲走得略快些，但右腿已经明显萎缩，比左腿短一截。她的腰弯着，身子的重量都压在那根拐杖上，走路时，一高一低。父亲走得慢，一颗比玉米粒略大些的石头都能让他格外紧张，大声喊我，焦虑地问，我能绕过它吗？自从他生病之后，所有的障碍物好像都被无限放大了。他对自己的步伐所能跨越的距离已经失去了预判。

他们就这样一前一后，像两个缓缓移动的表针。那只狗趴在洞口呆呆地看着，每一个早晨如何从我父母身上艰难地滑过去。

父亲一旦决定休息，眼里便只有那把椅子，别人跟他说什么都听不进去了。母亲喊叫着，好半天才说出，你这才转了半圈！我喊他也不管用。父亲眼神发直，直线奔向椅子，怕它飞走似的，一屁股压了下去。然后难为情地笑起来。

终于扫完院子，抱柴禾、棒子骨头和麦秸，将它们塞到炉子里引火。我已经多年不做这些事情，每次都需要耗费大量的时间，眼看着小火苗在炉子里一次次熄灭。我用嘴对着炉口吹气，用扇子不住煽动，再跑到院子里，看烟囱是否冒烟。有时候，火明明燃得很好，也就是给石榴树浇一次水的工夫，便又奄奄一息。父亲隔着院子，开始大声指挥：放一点麦秸，再放一点儿棒子骨头，扇一扇，把炉口盖上吧。果然，不多会儿，火苗攒动，炉子里发出了噼啪的声响。

端来一只黑陶缸，和面。等水开了，喊父亲回来洗脸。但他坐在一张木椅上，目视前方，却眉头皱着，始终不动。他的情绪在此时爆发了。等我再次催促，竟擦起眼泪来，口水顺着左边的嘴角往下流，拉着长长的丝线。任我怎么询问，都不说哭泣的原因。母亲在一旁提高了分贝，问他怎么了。他还是不说话。像个孩子一样，用袖子擦拭着泪水、鼻涕，委屈地哽咽着。我把几张纸递过去。他一边擦一边哭。

　　不想去洗脸？我问。他点头。从他坐的位置到洗脸盆那里，有一段距离，他不想走路了。我怎么鼓励都没有用。院子外边，有人大声喊他，不能懒惰，勤锻炼才能好。当然，这也是大夫说过的话。但父亲却哭得更加厉害了。大夫同样说过，这种病人，都会有惰性，不想动弹。我去拿来浸过水的毛巾给他擦脸、擦手，一遍，两遍。

　　我把那张橙色的桌子搬到院子里，在上边摆满他爱吃的饭食。以前，我嫌弃这桌子的颜色太过艳丽，但现在，它像一轮太阳，停留在我们的生活里。灰色的事物太多了，它竟然变得好看起来。

　　我并不擅长做面食，但还是努力去做。在这方面，父亲是个好老师。他在生火之前，总会把做饭的步骤向我传授一遍。和面、醒面、擀面、切面，每个过程都有讲究。有时候，面和软了，略微擀一擀，直接切成手指长的小面块，抻到锅里煮。老家人管这吃食叫狗舌头。面和硬了，揉成长条儿，一小块一小块儿揪下来，在案板上用大拇指使劲一捻，煮到锅里。这叫猫耳朵。父亲讲做饭的时候，语言是精彩的，里边会融入几十年前的故事、自己的经历，会运用各种修辞，让听到的人在语言里闻到食物的香气。我喜欢这个时候的父亲，他的两眼释放出耀眼而迷人的光芒，就像没有生过病一样。

　　许多个傍晚，将近九十岁的爷爷站到他身后，按摩、敲打。然后说，娃，你还年轻着呢，得多锻炼，得往前看。六十几岁的父亲，被人称作"娃"，这让他泪水更加泛滥。

爷俩的背影落在白色的墙上，与窑洞顶上那些斑驳的图案混成一体。显得又神秘，又辛酸。我转身出去，把沉重的太阳——那张橙色圆桌子从院子里搬回来，放在灰暗的水泥地上，喊他们，该吃晚饭了。

二

山下卖菜的人差不多一周才来一次，若遇上天气不好，也可能拖个几天。家里的蔬菜是要算计着吃的，否则就可能青黄不接。

我总为吃菜的事儿焦虑。母亲指指摆在木柜上的两口黑坛子，说，熏菜、咸菜都可以吃。那都是父亲前一年秋天腌制的，味道的确诱人，但总不能老吃这个。父亲看我愁得直扒拉手机，琢磨着从网上买点儿什么不容易坏的蔬菜回来，忽然低声告诉我：家里有菜的。我立即瞪大了眼睛疑惑地瞅着他。他才慢悠悠地说，在地里埋着呢。

原来，他把前一年收获的胡萝卜埋在了地里，这样能保鲜，又不用担心冻坏。他说，就埋在离韭菜地只有一步远的地方。我急忙拿着铁锹去了地里，模仿着父亲的步伐跨出一大步，觉得夸张了点，又收回来些。像挖宝藏一样，掘土三尺，结果什么也没找到。我往前又挪了半步，接着往下挖，还是一无所获。跑回家，找出纸笔递给父亲，让他画地图。他边画边强调，就在韭菜地旁边啊，而且，萝卜在下边码得整整齐齐的，就像一小堵墙。我以为这回肯定能找到了，结果，除了一些野草的根须，还是什么也没找到。村里人看我忙得热火朝天，跑来围观，问，地里到底埋了什么宝贝？

挖了好几天，都没见着胡萝卜的影子。我问父亲，是不是看我太胖了，故意逗我锻炼身体呢。他笑了。

表弟们来串门，我赶紧拉着他们帮忙。绕着韭菜地挖了足有一米深，忽然听见里边发出脆脆的斩断什么的声响，再往下挖，是一大截胡萝卜。表弟们和周围看热闹的人都有些喜出望外。从那天开始，蒸胡萝卜、煮胡萝卜，炒胡萝卜，包胡萝卜饺子，凉拌胡萝卜，生吃胡萝卜……反正是过了一段"富裕"日子。

等天气和暖，见有人拎着一袋荠菜回来，我收到喜讯似的，也赶着往地里跑。不光挖到了荠菜，还挖到了白蒿，苦菜和蒲公英、灰菜。借着养生的名义掩盖蔬菜贫乏的尴尬。倒是父亲、母亲都爱吃。每次，菜一上桌，便引出一大串四五十年前的故事来。

爷爷张罗着种菜，把道路两侧的土路都翻一遍，种上南瓜，我跟他讲过好几次，那是公共场地，不能私自种东西的。他耳朵背，一开始不理会，后来听明白我的意思，便大喊，我又不是种给自己的。等结了南瓜，全村人都可以吃。反正他是闲不下来的，前几年就把自己的院子里垫了许多土，又朝养羊的人家借了两筐粪，让它变成一块肥沃的土地。在那里种了玉米，又栽了韭菜。还在那院里栽了核桃树、枣树，它们伸长枝芽，一到夏末秋初，就把爷爷的窑洞给藏起来。爷爷像个老神仙似的，从那片绿油油的植物中间进进出出。每天早上，他都会挑了水在村里的路上来回浇。不久之后，黄色的南瓜花一朵接着一朵地开起来，可爱得很。可父亲看见它们，总会不由得想要哭。爷爷放下肩上的扁担，上前劝慰：好好锻炼，你还年轻呢。

父亲对我说，今年是吃不上自家种的菜了。不等他脸上换成悲伤的表情，我就去杂物间里找镢头和铁锨去了。在菜地里，我一边对着父亲高喊，你快锻炼，一边抢起镢头，使劲撬开眼前的土地。

天色忽然暗了下来，一股寒气在山里乱窜。我赶紧扛着工具跑回院子，收绳子上晾的衣服，抱些干柴放在杂物间里，把狗食盆子收好，免得被大刮跑。父亲和母亲缓慢地挪动着身子，提醒我，把鸡圈里的食盖上……狂风卷着尘土散在空中，视线模糊起来。路过院子的大妈赶着两只羊，愣了片刻，才又赶紧往回跑。后来，她告诉我，那一刻，她仿佛看到了我母亲年轻的时候。父亲听了这话，瞅瞅我，苦笑着。

我不光要复制母亲的身影，还要复制一块跟往年完全一样按时收获的菜地给他们。几天后，终于把窑洞侧边那块地翻完，手指内侧已经鼓起一串水泡，碰一下，就疼得钻心。但心里是高兴的，问询父亲的意见，你想在地里种下些什么？他让我去抽屉里找早就备好的种子，每一种都用纸包着，像是以前诊所里开的药。

我把这些"药"喂给土地，又是铺薄膜，又是浇水，过不了多久，便冒出鲜嫩可爱的细芽来。

蔬菜每日都会拔高一节。父亲抬起脖子看看，告诉我，该给黄瓜、豆角搭架了，还有西红柿，也需要插杆啊。我从地垄边找出一大捆细长的杆子，上边还挂着一截一截的布头。从那些布头里，能辨认出曾经穿在我们身上的旧衣服。将布头解开，把长杆子插进秧苗旁边的土地里，再将它们捆绑在一起，让秧苗依附上去，以后，它必将把沉重的果实挂满这长杆子的枝头。站在这块田地里，我一边浇水，一边在心里默念着咒语：快长吧，你们要长成一个列阵，让父亲像阅兵一样来摘取。

到棒子熟的时候，你就完全好了。我这样对父亲说。你就能拎着篮子从这个小斜坡上去，掰棒子，摘豆角……父亲哭得已经睁不开眼。

麦子熟了，父亲愁得要命，琢磨要不要让弟弟请假回来。我说，我来收。父亲扭过头说，你对麦芒过敏。我说，不碍事。

收割远比我小时候省事，一圈下来，收割机里便倒出了麦粒，我大爸（大伯）帮着把它们拉回家，我往他的三轮车兜里一瞅，麦粒之间全是绿色、灰色蟋蟀的尸体。很多都是被收割机绞伤的半截身体，但腿还不住在动。我没有坐上去，示意大爸先回。

地垄上，父亲前一年无意撒下的麦种，收割机探不到。我把它们连着秸秆采下来，足有一大捧，拿回去，插进一口比父亲还年长的瓦罐里。

麦粒拉回来就直接摊在了村委会的那块空场上，父亲吩咐我用一把木耙将它们摊开。蟋蟀的尸体也随之摊开，我找了两截树枝将它们夹走，放在一侧。它们引来了邻居的猫，它在麦粒间挑选着。不一会儿，又来了一只，它们一边吃，一边啊呜叫着，像是在给对方示威。那些在麦子间歌唱的临时住户，一定没有想到会有这样一场劫难。

晒麦子是最辛苦的一道工序。要看天，我确信不疑的手机上的天气预报在此时变得力不从心。一块乌云路过山顶，正在午睡的父亲忽然惊醒：快去收麦子！

很快，爷爷、大妈、大爸，还有村里几个老人都跑来了，他们都感觉到了那朵云的威胁，主动跑来帮我收麦子。那面红旗飘荡着，红旗下没有人说话，只有麦粒哗哗的被推动的声响。麦子被收成高高的一堆，用巨大的塑料布盖上，四周压上砖头、木头。人们站在房檐下歪着脖子看天上的云，讨论什么时候会下雨。不多会儿，雨啪啦啦掉在塑料布上。太阳又从乌云底下出来，暴晒无比。即使这样一场小得算不上雨的雨，也会让麦粒发芽。我邀大家回屋坐坐，但他们却摆摆手，各自回家了。

在乡村的土语里，没有"谢谢"这两个字。我惴惴不安。母亲却觉得没什么。等你种的蔬菜下来，给他们送点儿去。小时候，我一直觉得村里人的情感表达方式是粗糙的，这时才明白，其实乡亲们的情感表达是更重形式感的，是细水长流的。一旁的父亲每次看到别人帮忙都会感激得说不出话来。别人会拍着他的肩膀，说，那些年，你不总帮我们干活吗？谁家没用过你的三轮车呢？可父亲还是忍不住会哭。

我每天戴个草帽在菜地里忙乎，把野草拔掉，从房子侧边，把它们一大捆一大捆地扔下来，给大妈家的羊吃。西红柿斜着长出来的尖要掐掉，南瓜的蔓子拉得足够长就要把最前边的尖给掐掉，以此来提醒它们，收收心吧，该好好结南瓜了。

每天，喜鹊都会落在菜地里的桃树上，挑红了的果实啄上几口。蔬菜已经长疯了，在地里像变魔术一般，一晚上，就能长出很多。我总要背着一个大挎篮，又在里边扔一个塑料的篮子，一会儿就把它们全部装满，拿回家，分成许多份，送给村里人。棒子也使劲地长，好像故意为了让父亲在院子里就能看到似的。

父亲在院子里，努力抬着左侧的胳膊，不断往上举。他有时候会问我，不知道秋天的时候，我能去地里种麦子么？说完，像个孩子一样看看我，又去看那满是斑驳图案的窑顶。我没有说话，默默扫除了新落在炕上的白色墙皮。

三

洗好西葫，放在案板上，一刀下去，再掰开，里边原应鲜嫩的籽粒却变成了噼里啪啦乱蹦的白虫子。我吓得急忙将它们对在一起，扔进泔水桶。南瓜也是如此，白虫子在里边蹦跳着，好像在为见天光的这一刻狂欢。我再也不想看到这令人作呕的场面。但饭还得做，也总有些不甘心，就像开盲盒一样，万一下一个的瓜瓤是健康的呢。于是，又拿起刀。那些天，我扔掉了许多个这样的南瓜、西葫。以致于一想起它们，浑身就泛起鸡皮疙瘩。母亲说，年景不好就会这样，人和菜都遭殃。像被下了咒一样。你看这新冠病毒满世界祸害人，再看看你爸……在山里离人和城市远远的，结果还是一边身子不能动了。

每天下午，村里人从各家的小道上走过来，老远，我就能看到他们变形的腿弯曲着，摇来晃去，像是经过统一训练似的。我赶紧搬来椅子，他们坐下去，一边敲打麻木或者疼痛的腿部，一边谈论在外边工作的人，谈论年轻时种地、挖矿、下煤窑、忍饥挨饿，谈论生老病死，也谈论外村一个女主播。她的丈夫也是我父母这样的脑出血患者。他们讲那个女人如何给大夫下跪，让他们收治他，大夫认为没什么意义，但她却丝毫不放弃，在家里硬是引导他不断练习，学会了说话，还能笨拙地挪动几步。

每到这时候，他们便会激励父亲，让他胆大一些，加紧训练。父亲眉头皱紧，也并不应声，像是没有听到一样。有段时间，他不想练习，只想安静地坐在轮椅上。他甚至会追问母亲，你当初怎么没有这么拼命练习呢。母亲便用袖子擦起泪水，十几年前，母亲白天等，在梦里等，以为完全康复的消息会自己来到她身上。她哪里知道这种病是需要锻炼的。

母亲说，她刚病的那些年，是不愿意看见人的，她羞于在人前行走，只要坐着，就可以假装自己是一个健康的人。有一次，她甚至因为坐得太久，尿湿了裤子。等那人走了，她的笑容在脸上谢幕，咬着嘴唇哭。现在，在父亲心理上，这羞耻感又加了一层。人们坐着，他羞于在人前练习。但在乡村，我们那个没有围墙的院子里，一切活动都会暴露在别人的目光下。

假如不提醒他练习，他可以一直坐着。怎样哄劝都不管用。他再也不关心任何事情，来了人，他想问好时，便问好，不想说话了，就坐在轮椅上发呆。有一次，他忽然问我，我跟你妈都不是坏人，为啥这病就落在我们身上了？也不知道是我们命不好，还是你命不好，你生两个孩子，我们都没帮上任何忙，可我们还一直拖累你……他一生谨小慎微、活得隐忍，不明白命运为什么会如此对待他。爷爷微闭着眼睛坐在角落里，忽然说出"天地乾坤，我们不过是草木百姓"的话来。八十多岁的老人说出这番话，很符合他上过多年私塾的经历。但却让父亲更觉得悲伤，他努力举起不便活动的左手重重砸在同一侧的大腿上。

　　每个清晨，院子上空都响彻着我高声喊话的声音：这一步走得太好了！努力，努力，再走几步，你就超过昨天了……快，直起腰，对，手放下，就这样，好，特别好！我这样喊叫着，每次说"好"的时候，他都会哭。邻居们听见了，也会说，你怎么跟哄孩子一样呢？

　　父亲不想练习，他本就是随遇而安的性格，想活得舒服一点。不管我说什么，他都坐在那里一动不动。我忍不住高喊一声，你不练怎么办？父亲撇着嘴，哭了，但他还是一动不动。他想用自己的倔强跟命运抗衡。

　　我坐在椅子上愣了很久，为自己对他发火而后悔。同时，也想起前一天接到孩子老师的电话，正在上网课的我的大儿子状态很不好；而我的小儿子刚三岁，在视频里一边喊妈妈，一边哭：你为什么还不来看着童童啊？他一哭，我的心就碎了。

　　我忍不住去往大山的方向。山坡上正滚动着一群羊。各种植物都在用不同程度的绿色抒情。不远处父亲和其他男人们曾挖过矿、卖过命的矿石沟，如今还归山林，那些挖出的残渣还未完全被绿色的植被覆盖，旧时光的一角裸露在外。不时跑出一只兔子来，各种鸟叽叽喳喳在灌木丛的遮掩之下放声叫着……在山间，一切生命似乎都比我古老，一切生命似乎都比我新鲜。我想起医院楼道里那一排一排的轮椅，如马一样排列着，想起那唱歌的年轻病人，每日为自己的生活里注入新的希望；想起那位在医院里住了一年多的年轻男人，以及我们每次见面，用家乡话互相之间的鼓励。有一点希望，都不能放弃的家属们……

回去的路上，我采了一捧山棉花，把它插进一口老罐子里。然后问父亲，好看不？他说，好看。

那我们锻炼吧？他有些不情愿，但还是站了起来。

村里一个得过脑梗的大叔，他恢复得不错。有关他康复的过程早已经在村子里传开。他的两个儿子在外边工作，请假回来照顾他，也着急得什么似的。他呢，却一点也不想锻炼。他儿子无奈中想出了一个主意，每天扶他走到院子边上，要求他自己走回来，不回来就没饭吃，没水喝。不久之后，他竟然越走越好了。

这极端的方式，我当然不赞成。村里人又给我们出招儿，说某个广播里康复手段了得。也有的说，山下一家诊所专治这种病，不到两三个月，就能走了。还有说乡里有位针灸的大夫，几天就能把一个失语的人扎得开口说话。这些东西，我们咨询医院的大夫，他们都笑着摇头。

有人劝父亲、母亲开个直播。还有比你们更可怜的吗？总会有人打赏的吧？母亲满脸羞涩地说，我可不会说话。父亲摇着头，说，不，不给孩子们丢脸。在他心里，以任何形式朝别人要钱，都是乞讨。

夏末，我们没有听从任何建议，在县城里租了间一楼的房子，紧邻弟弟打工的饭店。然后，我把家里唯一的一只鸡杀了，把那只看门的狗连同拴它的铁链送给了村里人。田地里的蔬菜、棒子交由村里几个婶子、大妈去处理，关紧门窗，便带着父母离开了。以前，父亲总是不肯花一周的时间来我在外省的家，说是爷爷老了，得守着他。现在，他顾不得那么多了。爷爷看着我们关窗锁门，在一边说，去吧，不用管我。他沉默了好久，又说，秋天，回来吃我种的南瓜吧，肯定没虫子。

我最后一次看了看各个屋的窑顶，不知道，无人居住的日子里，它还会出现什么神秘的图案。

父母住在了县城，他们每天围着小区里的花池转圈锻炼，依旧像两个快慢不一的表针，丈量着时间与空间的距离。我离开的时候，天在下雨，父亲哭了起来。拉杆箱的轱辘转啊转啊，发出"噜噜"的与大地摩擦的声音。

# 困在时间里的母亲

一

不知什么时候起，我开始害怕手机铃响，尤其是春天来自故乡亲人的电话。

那串号码在屏幕上跃动，多么动听的铃声都会变成恐吓。它们纠集着，刺破空气，拨动我紧绷的神经。一些因为经验形成的担心猛地从心头抬起，我努力压制着不祥的预感，心跳猛然加快，手指不由得颤抖起来。

对于一个远嫁的人来说，电话是我与娘家连接的纽带，无论如何是要接的。电话通了，弟妹焦急地向我描述刚刚发生的事情：母亲已经被救护车拉走，可能是脑出血。

连续三个春天，我都接到过这样的电话，前三年是父亲住院，没想到，这次竟然落到母亲身上。她已经是第二次犯病，第一次得脑出血是14年前，那时，她只有48岁，一个那么开朗的人忽然就被囚禁在半身不遂的身体里。

孩子们几乎已经习惯了我在春天的忽然离开，在漫长的分别中，他们过早地学会了理解。但放学后，一听说自己的姥姥病了，五岁的小儿子便搂紧我的胳膊，大儿子听后并没有说什么，等走进家门，却一屁股

171

坐在沙发上，掉起了眼泪。过了好半天，才哽咽道，老天爷为什么总让我的姥姥姥爷生病？他看着我，仿佛要从我脸上找到答案。而我只能默默为他擦干泪水，将他搂在怀里。

穿过城市的夜空，走进火车站。那趟绿皮火车，车程将近十六个小时。婚后的十五年里，我每年都坐着它回乡，火车的慢和过去的记忆混合在一起，有一种特别的滋味。现在，它的慢让我着急。但又能怎么样呢，它是这座城市与故乡连接的唯一一趟列车。我吃不下东西，时不时去刷手机，读取来自弟弟的信息。他说，母亲依旧在昏睡，醒过两次，总喊他的名字。

天气还有些冷，哈气让车窗蒙上了一层雾。我随手涂抹出一小块，看到窗外远方城市的灯光燃成了一片。我是一个夜归人，却想起那年母亲送我走出小山村的情景，想起第一次坐火车是她和父亲送我去外省读书。她生病后，常被人说：你不该让闺女去上学的，还嫁那么远，什么都指不上。可她总是说，在跟前又能怎么样？让她跟村里的女人们一样种地、打工，受苦？母亲总能让别人没有话说。然而，这些年，我感受到她心里隐藏的苦。尤其是那些打视频的日子。她在对面常常一句话也不说，就那样隔着屏幕看我们。孩子们总也不在身边，她借此来消解心里的惦念。

我爬上中铺，想睡，却睡不着，母亲弯腰驼背拄着拐杖行走的样子始终在面前晃，只好坐起来，掏出本子，用随身携带的碳素笔开始描画。在那张白纸上，一个颀长身躯的女人身上穿戴了星辰，她弯腰，胸前悬着一枚月亮。在她的脚边，一个小女孩拿着一枝鲜花，正奔向她。在这幅画里，母亲是苍穹，是我的天空。我是那个举着鲜花奔向她的赤脚的孩子。母亲常说，总会梦见自己健康时的样子，我没敢说，我也常梦见挎着她的胳膊满大街逛她喜欢的商铺。

　　早晨起来，窗外全是大山，白雪藏在山体的褶皱里，树木枯败，显出一种灰白相间的萧索感，很明显，火车已经进入山西境内。从枕头下拿出那本子，再看前一天晚上的画，忽然感觉，病中的母亲跟我的身份已在不觉中完成了互换。这些年，她成了那个怀着满心期盼一次次努力奔赴我的小女孩，而我是那个胸前为她悬一弯月亮的人，我总是要在自己的身上挂满星辰，让她心安。

　　我在中午抵达县城。自从父亲脑出血后，我们姐弟俩曾抛下一切，在故乡的小山村陪护他将近半年，但康复的情况并不乐观。后来只好在弟弟打工的县城为他们租了房子。那种一楼的房子原本是按车库设计的，但好多人家将它装修之后往外出租。父母行动不便，母亲在地砖上又站不稳，一走路就打滑，弟弟专门找了间没有铺地砖，门前又没有台阶的。最重要的是，他上班的那家饭店就在小区门口。

　　走进小区，穿过一段甬道，老远就看到出租屋门旁的晾衣架上搭着两件衣服，从它们歪歪扭扭的姿态便可猜出，那是母亲用一只手完成清洗和晾晒的，她半身不遂以后，依然肩负着所有家务，母亲的心保持着48岁那年的心态，关心家里所有的事情。我心里堵得慌，掀门帘进了屋，却看见四位姨姨站起身来，三姑也在，正端着水杯给父亲呢。虽然是白天，但因为门帘的关系，屋子里显得又拥挤又昏暗。

　　父亲一看见我，便哭起来，他把水杯还给三姑，问我饿不饿，又皱着眉毛，指着桌子上的点心，催我吃。可我哪里吃得下。姨姨们劝父亲，论起家庭、论起儿女，你们其实是最有福气的。父亲一听这话，又擦起了泪水。接着，她们向我描述母亲的状况，说她一直不清醒，要么昏睡，要么乱闹，扯被子，挥胳膊，按都按不住……父亲听到这些，哭得就更厉害了，不由自主用右手抱住不能动弹的左胳膊，像怀抱着一个弱小的婴儿。

二

县医院搬到了新楼，宽阔得像个大型商场，瓷砖亮得能当镜子，映照着为数不多的人。

母亲躺在病床上，身上插满了各种监护仪器。她的头发比上次见面时更显得灰白了些，面部有些浮肿。我想去抚摸她那只裸露在外的手，却被弟弟拦住了。他擦拭着额头的汗珠，说母亲折腾了好久，刚睡着。旁边床上的老阿姨正在收拾东西，抱怨母亲昨天晚上一直闹，她根本没法休息，只好换了病房。我和弟弟都为此抱歉，但也不知该说什么。

她走之后，病房一下子显得空旷起来。我和弟弟面对面坐了，中间隔着母亲。弟弟的额头抵在床边的扶手上，眼睛已经熬得通红。我看到弟弟灰白的头发，头顶光秃秃的，反着一小块亮光。过度的劳累、忧思，让他看起来不像个三十几岁的人。他跟我还原着前一天的情景，说刚起床，就接到了母亲打来的视频，只见她盯着摄像头，却说不出话。弟弟感觉不对劲，披了件衣服就往出租屋赶。等他到了，母亲已经昏迷，父亲在一旁无助地哭……到了医院，母亲的思维像卡带的录像机，只要醒来，就不断重复着那个早晨想说却没说出的话。但她的语言总是不清晰，常发出哇啦哇啦的声音，谁也听不懂。

我们沉默着。想起十四年前母亲第一次得脑出血的情景，那场病，彻底改变了我家的命运，甚至也让未婚的弟弟一度陷入被相亲对象挑剔家庭条件的自卑中。这两年，父亲多次犯病，弟弟一年 365 天地悉心照料着，他的活动半径几乎不敢超出县城，他甚至不敢生病。有一次发烧烧到晕厥，输完液，又赶紧跑到出租屋给父母做饭。但弟弟从不抱怨。每一次，我们面对时，都有意克制、简化感情的抒发，生怕自己痛苦的感受会成为引子，让对方的悲伤就此泛滥。

母亲忽然转身，睁开了眼，她的眼神落在我身上，却不带任何感情。我喊她，也不应，只催逼着让赶紧吆喝弟弟，仿佛依然处于某种恐惧之中，等着弟弟来拯救。我抚摸她的右手，她却一把将我推开，用仅能活动的左手将右手抱在怀里。我悲伤地想，她不认识我。弟弟却惊喜地说，你看，她的胳膊在动，这证明行动力没有受到影响。弟弟的话，让我羞愧了一阵子。母亲冲着白墙喊叫一通，换个姿势，又沉沉地睡去。那是因为镇静剂在起作用。为了母亲能安静下来，大夫一再加大镇静剂的药量。

下午，需要给她做造影，来确定是否可以通过导流的方式排出大脑中的淤血。我们连床一起推着她下楼，楼道风大，我赶紧把外套脱了，挡住她的脑袋。到了 CT 室，需要将母亲转移到连接仪器的那张床上去。我去楼道里找人，央求他们抬一下母亲。好几个人合力才将她转移过去。原本熟睡的母亲感受到威胁似的，不住抬头，手也挥舞着，根本不允许人靠近。她的力气变得很大，大夫让我压着她的手，弟弟固定住她的头。她咬着后槽牙尖叫，企图将我推开。母亲的头部进入那个圆孔，那一边，死死卡着母亲脑袋的弟弟眼眶红了。

最后也只勉强做了个头部 CT，造影需要的时间长，根本无法完成。

这时，来了位年长些的女大夫，吩咐护士给母亲再打一支镇静剂，大夫、护士七手八脚地控制住母亲，才完成了注射，她那只原本还在挥着的手，快速垂落下来。但也只是一小会儿的工夫，刚有大夫逼近，她立马开始疯狂地甩胳膊、踹腿。女大夫直摇头，说，只能给母亲注射冬眠药了，我第一次听说这样的药物，脑海里立马浮现出冬眠的蛇和青蛙，它们在村庄的雪地里任人摆布的样子。大夫给我们解释，那是一种包括氯丙嗪、哌替啶、异丙嗪的合剂，能让人快速进入深睡状态，我们只好同意。但母亲却没有进入冬眠，她用仅能活动的左半边身体与所有人进行着抵抗，药物根本奈何不了她，况且剂量已经达到人体承受的极限。不久之后，大夫摆摆手，无奈地说，她没有遇到过这样的病人，让我们回病房。

我和弟弟一前一后推拉着病床，母亲却在这时睡着了。我忽然想起那些年，我们三个常走在山梁上，母亲肩上扛着沉重的青草，我和弟弟跟在她身后。那时，天似乎很近，云也近，母亲会忽然问，等我老了，你们还会要我吗？我和弟弟蹦跳着表忠心："我给你买好多好多吃的！""我带你坐飞机！""我给你买飞机！""我给你买好多好多衣服"……我们恨不得马上长大，把整个世界赚回来，送给她。但我们刚在城市里站稳脚跟，她便病了。

回到病房，母亲便又开始折腾，弟弟将两边的被子压好，像哄小孩那样，轻轻拍着她的肩膀，这才终于安静了。病床上传出一阵接一阵的打鼾声。

晚上九点，母亲开始不断翻身，并在烦躁中扯掉连接血压监控仪的线，扯自己身上的衣服，她将手伸向后背，我以为她后背痒，伸手帮忙去挠，结果她一把将我推开，又去拽。她咬着牙把衣服拽到了后脑勺，我才明白，她想脱衣服。等我帮她脱掉之后，她又把被子蹬开，赤身躺着，像婴儿一样，完全不知道害羞。

母亲的身体于我而言是陌生的，通体雪白，有着与她年龄不相符的弹性与光泽。母亲的身体是带我们来这个世界的列车。她腹部的两道刀

176

疤，一个是怀我时切除肿瘤留下的，一个是生完弟弟后做绝育留下的。我记得第一次脑出血之前的那段时间，四十多岁的她扛着铁锹穿过村子。春风吹过母亲面颊的时候，我曾在内心偷偷感叹过她的美。这些年，她的右腿明显萎缩，比左腿短了一截，右边的胳膊也萎缩得厉害，她常年拄着拐杖，走路时，身体因为过于沉重向下伏去，像一棵成熟过头的稻谷。每一次从远方回来，老远看着母亲的样子，我心里就一阵翻涌。只有躺在床上的时候，才能把这些身体的缺陷暂时隐藏起来。

她醒了，还没睁开眼，便开始扭动身子，一点点往床边蹭，不一会儿，腿垂了下去。弟弟只能一次次把她往床上抱，累得满额头都是汗珠子。达不到目的，母亲开始烦躁起来，大声叫唤，一声高出一声的尖叫响彻病房，直到声音沙哑，嘴唇干得暴皮。她听不懂我们的话，似乎也不知疲惫。我们的母亲好像被困在了什么地方，她一次次挣扎着，想冲破出来，而我们却不知如何与她接应。

楼道里，不时有人停下来，透过门上的玻璃往里看。许久之后，她忽然安静下来，对着病床上方喊亲人。她喊"哥哥"的时候，眼神里显出儿童才有的稚拙，仿佛回到了幼年。过一会儿，她又开始喊三舅和小舅。他们三个在少年时期，曾一起翻山越岭去别的村子上学。母亲总是省吃俭用，把吃的匀给兄弟们。看舅舅们的鞋子磨了洞，便从家里带了布和麻绳，利用下课时间拧了绳子，再穿针引线地纳好鞋底。一双布鞋用不了几天就做出来。等舅舅们再回家时，脚上就穿上了新鞋。少女时做鞋的成就感和别人的夸赞，一定给她带来了极大的满足，以致于婚后的那么多年，她向亲戚们表达心意的重要方式之一，就是给他们和他们的小孩做鞋。女孩的鞋面往往会绣一朵花，有时候，还让花朵上翩翩飞起一只蝴蝶。

她脑出血两年后，大约觉得恢复无望，把那一包针线交给我。那些五彩斑斓的线，粗细、长短不一的针随我穿越千里，最后躲进了抽屉里。每次闯入眼帘，总能刺痛我。几年之后，我帮她整理东西，却看到几只破洞的袜子上布满了笨拙的针脚，我无法想象，她是怎样用一只手完成缝补的。

　　母亲折腾一阵，便睡去，过一会儿，又醒来，开始叫喊，她的睡去与醒来完全没有规律，我除了陪伴，什么也做不了。她在一次醒来后，忽然指指旁边，重复着问我同一句话，好半天我才明白，她想去那儿锻炼身体，我顿时沉默了。当年，她生病后，我们没有应对脑出血后遗症的经验，医院也没有进行有效指导，我们一直在等着她的身体自愈。直到多年之后，知道这类病需要系统锻炼时，她的身体已经定形。但母亲却不肯放弃，她自认为锻炼总是好的。在村庄里，她拄着拐杖一天天绕着院子转，搬到县城后，天不亮，就绕着花池转。

　　看我摇头，她气得骂人，身子又开始往床下出溜。她一会儿尖叫，一会儿要坐起来。凌晨，我挤在床上，像哄睡婴儿一般，将她抱住，母亲才终于睡着了。我端详着她的模样，心里流淌着说不出的悲伤。当年，她一定无数次这样端详过我吧，我们陷于生命的回环中，只不过，她端详我时，心里一定充满着希望。

三

　　月光穿透窗玻璃，描摹出我和母亲的轮廓。哪怕只借用这一片光亮，也能感觉到母亲看我的眼神，仿佛她身体里住着一个视我为仇敌的陌生人。她骂骂咧咧，嫌我干预她好不容易才挪到床边的身体。我们像在玩一种游戏，她拼命要冲出床上的围栏，而我死死守住。我干脆开了床边的夜灯，墙上立马显示出一对影子母女，它们撕扯着，推搡着，直到阳光铺满病房。

早清，弟妹一来，母亲立马笑脸相迎，问吃饭没有。在母亲眼里，弟弟好不容易才娶了妻，因此，她一直小心维系着婆媳关系，哪怕到了如此不清醒的境地，依然条件反射般讨好自己的儿媳，我顿时为她难过。

大夫建议直接在脑部打孔进行导流，恢复得要快一些，但也有风险。我们商量后，还是在手术单上签了字。傍晚，理发师来给母亲剃头，她一直处于睡眠中，剃完后，整个人看上去小了一圈儿。

手术是第二天上午进行的。我和弟弟在手术室外的平台上坐着，透过巨大的落地窗，我们看着对面的矮山发呆。我在心里暗自祈祷，希望世间的一切都能给予母亲力量。时间太漫长了，我坐立不安，度过了人生中最漫长的半小时。母亲被护士推出来，脑袋上缠绕着一圈纱布，又用网状的头套固定着。一个连接袋子的管子从太阳穴上方的位置伸进来。那袋子和管子里边全是深褐色的血液。

晚上，母亲终于睡踏实了，仿佛之前所有麻药的作用在这一夜终于开始发挥作用。第二天一早，我便打发弟弟去上班了。毕竟他们一家四口，只有他一个人养家。

母亲醒来后，一把将我手里的香蕉抢了去，直往嘴里塞。她已经好几天没有吃饭，面颊凹进去一块儿，明显消瘦了许多。我欣喜，赶紧把提前买来的粥喂给她吃。吃完，她指着我的衣服，又指指自己的身体，伊拉哇啦说着一些话。我明白，她是要穿衣服。我给她擦拭身体，即使病房里就我们俩，她也要求把帘子拉好……这都是好转的迹象，我开始庆幸，做导流手术的决定是对的。夜间，她跟我讲了很多话，虽然含混不清，但我从那语气和声调里还是理出了内容：她讲村里那些伙伴们，讲早年间她们互相帮助，哪怕男人们都不在家，也能把庄稼种到地里。又讲一个跟她关系要好的大婶出门，每次都会借她的衣服。她的身体虽然不争气，但同龄人中，没有一个人的衣服比她多。许多时候，我需要格外努力地去听、去猜，才能大概明白她说的是什么，但从她的神情，我看到了快乐、松弛。

我以为那是曙光来临了。在三姨打视频来的时候，让她拿起了手机。看到视频上那个光秃秃的自己，她疑惑地问，那是谁？你姥姥？说完，她似乎想起姥姥已经去世多年，又问，是你大姨？她完全不听三姨说的话，哪怕我说"那是你"，她也不予理会。她继续开始讲自己的话，不理会三姨，也不理会我。从那一刻开始，我清晰地感觉到，母亲困在某一个时间里，而我和她之间隔着一道语言的墙。我的话传不到她的心里，她说出的话也常让我听不懂。

因为插了尿管，护士每天会给她护理，她对这件事异常抗拒，将被子死死压住，甚至用腿踹护士。她那充满恐惧的眼神向我求救，但她没想到，我竟成了帮凶。等人走之后，她半捂着被子偷偷地哭，她无法理解为什么要这么做，这分明是一种对女性的羞辱。以致于护士只要一来，她就本能地把被子压紧，咬着牙低声咒骂她们。

几天后，大夫将她头上的管子去掉，缝针，刚包扎好，她就把纱布扯掉了，她一遍遍抚摸自己光秃秃的脑袋，哭着追问，头发哪里去了？接着，像小女生一样，哭得瑟瑟发抖。我只好抱着她，一遍遍安抚：头发会长出来的。哪怕这句话根本传不到她心里去。

# 四

母亲经常对着灯光，对着月光倾吐自己的心情，我看着那片空间，常常猜测，她正受困于哪段时间，与谁在对话。接近凌晨，她才开始把目光转移到我身上，一遍遍催促：快着快着……，我猜不透母亲到底在催促什么，只能任这催促像鞭子一遍又一遍抽打在心上。

刚从饭店下班的弟弟忽然推门进来，他说放心不下，来医院看一看。他递给我钥匙，让我回家去，好好休息一晚。我推辞半天，还是拎着钥匙走了。

姑姑已经回家，父亲一个人在出租屋里，正好也需要陪伴。

走出门，一股寒凉之气扑面而来。我用钥匙从诸多电动车里找出属于弟弟的那辆。在宁静的夜空下，电动车的声音变得异常尖锐，惊醒了一旁的声控灯。

医院在一道不算太陡的长坡上面，我顺着那道坡一路往下，这才发现车闸不好用。车轱辘快速地往前滚动，好像急于奔赴道路尽头的那轮圆月似的。幸好，此时的街上没有一辆车一个人。下坡之后，我缓慢穿过几条街，凉气顺着鼻腔、口腔直往身体里灌，让我有一种想哭的冲动。

出租屋的门并没有锁，我推门进去，黑色的拉杆箱停在水泥地上，月光为它画出了轮廓。父亲在暗夜里喊弟弟的名字。我一边打开灯，一边说，是我。这间屋子除了一张床、桌子、炊具，最多的便是训练器材，前几年，我们把各种康复器材几乎都置齐了，就为父亲能康复得好一些。但他从不主动锻炼，无论我们哄劝，还是激励，他都一直呆呆坐着。弟弟每天不得不强拉着他走一圈儿。他不锻炼，似乎也懒得说话，总是一副随时准备着哭泣的表情。

而这一次，母亲住院了，好像挡在他唇边的障碍终于去除掉一样。

关灯之后，父亲开始讲述，讲他少年时如何爱好木工，并为这爱好下足了功夫，讲他后来如何当了村电工，见证了整座山的黑夜亮起电灯，讲他那些年干过的活计，矿工、修路工、煤窑工人……他遇到的好人，他帮助过的人。父亲从来没有这么健谈过。我不忍打断他的话，只是默默听着，不时回应一两句。

我刚睡着，父亲却开始叫我，他小便困难的毛病越来越严重。我一次次帮他拿尿壶，但他还是尿不出，憋得难受，说肚子胀。他坐起、躺下，来回反复，又说，许多个夜晚都是这么度过的。我能想见，母亲此前是多么疲惫。

不到四点，父亲就喊我，要起床。现在，睡觉对于他来说，也成了一件辛苦事。他躺下的时候，几乎一夜都不翻身，好像四周都是悬崖一般。

起床，想训练父亲独立穿鞋、穿袜，但他却依旧一动不动，皱着眉头看我。他似乎也不太关心母亲，我们不说，他也不会主动去问。我们买来水果，他不管不顾地往嘴里塞，吃相像个小孩子。临走时，我教他打电话，这些他原本具备的技能，生病之后竟全部遗忘了。他不情愿我离开，说没事的话，让我早点回来。我心里苦笑，母亲还未清醒，怎么能没事儿呢？

看他一脸惧怕的样子，我又觉得心疼，甚至想带他去医院，一起待在病房里。但弟弟说，两个老人都弄过去，更加手忙脚乱。我只好狠心走了。临走时，把撕成块的卫生纸塞进他右边的口袋，方便他去厕所。又把电视打开，倒了一大杯水，把一些零嘴往他身边放了放。

父亲隔着玻璃门看我推电动车，一脸哭相，忽然大声说了句，路上慢着点儿啊。我心里顿时压抑得要爆炸。

# 五

一进病房的门，就看到母亲发红的眼眶。她哆嗦着嘴唇问我怎么才来。

她来回翻身，嘴里喊着我们听不懂的话。我好半天才猜出，她是要解手。我要强的母亲不想在床上解手。她觉得在床上吃喝拉撒是一种耻辱。我拿来便盆，将她的身子抬起，她尖叫着，一边哭，一边痛苦地大叫。好像在质问虚空里的命运之神。天黑后，她安静下来，却不住给我使眼色，吩咐我去门口打探，外边有没有人。她惊喜地指挥着，咱们走！看样子，似乎要预谋一场逃跑。她脸上流露出谨慎又喜悦的表情，仿佛我们两个正被敌人扣押着，现在终于找到了逃生的机会。她把衣服紧紧抱在怀里，顺势就往床下出溜，但好几次，都被我强行抱了回去，每一次归位，都让她气愤难忍。夜深了，她无奈地叹息，对我骂骂咧咧。

天亮后，她开始绝食，不进水米。她要么推翻我送去的勺子，要么在食物即将到达嘴边的时候，紧紧闭合牙齿。

母亲从未让我如此为难过。我是她流产两胎之后才终于拥有的孩子。那些年，我只要有一丁点儿不舒服，她就急得团团转。我所有的愿望她都极力满足。听说隔壁村有位写文章的爷爷，她便带了桃子，拿了我的作文让人家看。那时候，只要我拿起一本书，她便什么都不让我干。但现在，她像变了一个人，我苦苦哀求她进食，她却丝毫不理会。

大夫也无能为力，说不行的话，只能插胃管。但以她乱扯乱扒拉的劲头，胃管也保不住。深夜里，我再也忍不住，在她大声叫嚷的时候，趴在床头哭起来。我实在不知道该如何面对一个绝食的母亲。我努力让自己不发出声音，她猛一使劲，却将体温计一把扔在地上。我只好去地板上寻找那一颗颗的水银球儿，他们跟我的眼泪一起，颗颗分明地展览在地板上。

母亲直闹到半夜。凌晨时分，只见一伙人推着个老人匆匆进了病房，大夫和护士进进出出，看起来紧张又忙碌。原来，老人得了脑出血，他儿子还在外地打工，正在往回赶。母亲好奇地向他们看去，问我那是谁。我说不认识。她看着那些陌生的面孔安静了片刻，便又开始喊叫。一旁的人投来绝望的眼神。

他们家人越聚越多，清晨，一群人蹲在门口分食几张石头饼，讨论着这种病康复的几率。等到下午，一个男人走了进来，他坐在床边沉默了好半天，不久之后，护士拔了液体，拆了尿管，将病人推走了。我以为他们要转去别的医院，却听说，他们决定放弃治疗，回家听天由命了。我的震惊还没有完全消除，那病床就又来了新病人，诸多没见过的仪器摆了两排，还上了呼吸机，看上去形势危急。两个老人守护在一旁，说病人是他们的儿媳。不一会儿，又见男男女女来了十几个。母亲在一旁看着，眼睛里冒出小孩才有的好奇的光。

旁边的机器每过一阵就嗡嗡响半天。他们远道而来的女儿进了门，扑在母亲盖着的白色被子上一边叫一边哭。她不跟任何人说话，只是在一旁用毛巾给母亲擦拭着，或者愣着发呆。那样子仿佛十四年前的我。我坐在窗边的位置，感觉往昔似乎正在房间的另一半空间里上演。我很想安慰那姑娘，但是她一直不抬头。她的目光里已经塞不进除了母亲之外的任何人。

机器的响声和母亲的喊叫声交错出现，弄得大家都休息不好。傍晚，我跟护士长申请，去其他病房。她同意了。那间病房离护士站较远，离水房也远，我需要穿过长长的走廊去护士站接水。一路上，路过那些病房，透过门上的玻璃，可以看见不同家庭在类似的病症下煎熬着。

等我回来时，床铺上沾满了鲜血，地上也流了一摊。母亲挥舞着自己不断往外涌血的手，脸上没有任何表情。她把留置管拔下来了。我赶紧按响护士站的呼叫铃，让他们重新扎好。自此，她若不睡觉，我连厕所都不敢去了，但有两次深夜，还是让她拔掉了。只是她依旧不进食。有一天半夜，弟弟带了碗面回来，喂给她吃，她一开始拒绝，后来狼吞虎咽地吃了几口。

那天晚上，我以为一切好转，搬出笔记本电脑，在上边写了一大段。那段时间，我正好接受了出版社的一个紧急约稿，儿童文学。我要把那座山和那群孩子养在心里才行。

可我还是高兴得早了。母亲又开始绝食，只要我一靠近，她的牙齿就紧紧关闭。她每天固执地指向门口，不断喊叫，身体迅速消瘦。在撤掉尿管之后，她尿频的毛病再次表现出来，我需要不断给她接尿。但晚上，她宁愿尿床，也不愿意叫我。她把尿过的地方用身子压住，生怕我看见，她扯一条毛巾过来，压在身子底下，变成了一张临时的尿垫，趁我不注意的时候，她把那毛巾里的尿拧出去。我绝望地看着床上、地上的尿渍、血渍，感觉自己随时处于崩溃之中。

大夫极少过来，漫长的一天，我只能看着母亲折腾。我不敢去厕所，也极少吃东西、喝水，感觉自己被遗弃在了一座孤岛上。我常常看着窗户对面的山头，问自己，生命的意义到底是什么。母亲终于安静下来的片刻，我抚摸她的手，抚摸她的脸，心里想着，在这一场又一场的疾病里，亲情、耐力在经历怎样巨大的拉扯与消耗。

深夜，我挤在她身边，拍着她的身体哄她入睡，她时不时睁开眼，指着虚空高喊自己已经逝去的亲人。我在心里祈祷着，假如虚空中真有什么神灵，请你们一定保佑我的母亲，让她快点好起来。

丈夫发来消息：快请个护工吧。接着，他转过来一笔钱。然而，我并没有那样做，我不放心把母亲交给任何人。现在想来，这也许是一种没有必要的固执。

六

母亲把衣服、毛巾、卫生纸都放在身边，揽在怀里，一有人来，就用被子将它们盖住。她的身子一直往下出溜，想尽办法要从床上逃脱。

我们阻拦不了，只好扶她坐起来。她的脑袋缓缓抬起，看上去没什么力气，从她脸上，我看到了婴儿第一次用力抬起脖子时的那种欣喜表情。

她将腿垂到一边，便扶着弟弟站了起来。毕竟躺了十几天，又几乎没吃过什么东西，两腿发软，又坐了下去，但她并不气馁，片刻之后，又重新站了起来，她几乎忘记了自己对地板砖的恐惧，那只萎缩的腿用力往前迈，脚努力踩下去，哪怕它直接向一边滑去，她也执着地练习着。终于，母亲成功迈出了一步。这一步，让我和弟弟激动得想流泪。而她自己也喜出望外。下一步，她要出去，逃离医院，却被我们拦了回来。

母亲的心早飘走了，一刻也不想在医院里多待。

大夫给她做过全面检查，说脑部的出血基本恢复，但对于每天疯狂折腾、不吃不喝的问题，建议去精神病医院看看。我和弟弟愣在原地，不知该如何是好。要让母亲住精神病院吗？她身体都无法自立，又如何去那里？可回到出租屋，她依旧这么折腾下去，又该怎么办？朋友们出主意，给她请保姆吧。可母亲折腾的劲头这么大，什么样的保姆可以承受得了呢？最后只能决定，先出院再说。

我们推着母亲往外走，她脸上显出喜悦的神色，看见所有人都要打个招呼。然后毫不忌讳地指着对方的脸，问，那是谁。她好像变成了一个孩童，坐在车上，看着蓝天白云，感受着春日的暖意，开心极了。

终于回到出租屋，看着坐在那里的父亲，她瘪着嘴，想说什么，却又什么也没说。弟弟抱她坐在床边，她竟伸手去够桌子上的玻璃杯，那是她平时喝水用的杯子，好多天了，这是她第一次喝水。

她躺在床上，小侄女跪在一边，用毛巾给她擦脸，又喂她吃小面包。她大口嚼起来。祖孙俩的影子投在一旁的白墙上。小侄女始终跪着，说，奶奶，你终于吃饭了，你可真棒啊……我忍不住鼻子一酸，擦起了眼泪。

等再从床上起来，母亲好像换了一个人，她拿起手机看视频，坚持自己去厕所，只是不再信任拐杖，而是坐在从弟弟家拿来的一个沙发凳上，用左手扯着边缘一点点往前挪。走到一半，没了气力，我就上前帮忙。我用力扯着凳子的边缘，将她"运送"到目的地。

她身体里似乎隐藏着某种神奇的密码，一旦回到熟悉的生活轨道上，那些日常习惯一下子就被完全激活。哪怕她说的话我们完全听不懂，她靠着手势和神情指挥父亲锻炼身体，她把鞋倒扣着放到床尾，这样穿鞋时就不用麻烦别人。她自己用一只手洗内裤、袜子，也清洗家里所有的毛巾。我们猜想，她为什么那么着急离开医院呢，也许是怕我们花钱，也许是担心父亲一个人在家。也可能两种原因都有。她甚至要求刷碗，但却不肯踏出屋子半步。在玻璃门后边，她看着来来往往的人，不时有熟悉的邻居来看望她，她指着光秃秃的脑袋，悲伤地说，没了……丑！

晚饭后，天色刚有些擦黑，她便拉上窗帘，开始铺床，放枕头，又转身给父亲脱衣服。我们告诉她，才七点，可是这话根本传不进她的大脑里，她气愤于父亲的拒绝，边叫骂边哭。哪怕生了同样的病，这些年，母亲也自觉成为照顾父亲的人。而父亲多是除了嘴和眼睛，别的地方，若不指挥便一动不动。我出去扔了趟垃圾回来，她已经把父亲脱得精光，又扯被子给甩盖上。而她也躺下，却坚持不脱衣服，不一会儿，就从旁边拿了尿壶给父亲。父亲说不需要，她也听不懂，气得把尿壶扔在一边。她完全活在自己的逻辑和节奏里，对于别人的感受，完全不管不顾。夜晚，她担心我冷，坚持把厚被子给我，自己却盖着个很薄的夏凉被，夜色中的母亲，像个孩子一样蜷缩在一块月光里。

深夜，母亲一次次起床，上厕所，也借着手电筒的光，轻轻给我和父亲盖被子。假如不张嘴说话，她就像从未生过病一样。哪怕大脑受了这么大的损害，妻子的角色、母亲的角色完全覆盖了生病后的虚弱。

面对母亲的表现，我们既心疼，又欣慰，她总算能够正常生活。好多天里，她除了介意自己的头发，表现一直正常。中间，我们带父亲去做了一次手术。她一遍遍追问，我们的答案却始终传不到她的耳朵里，她只好每天坐在门口，等待父亲回来。父亲最终安了一个长期置留在身体里的尿袋，不需要常去厕所了。但每到天黑，母亲还是会一次次向他递去尿壶，直到看见他肚皮上伸出的那一截细长的透明塑料管，脸上表露出惊恐的神色，不断地重复说，我不知道，我不知道……

那些日子，我收拾完碗筷，便开始在桌子上码字。母亲反倒成了那个照顾我的人，她一会儿送来水，一会儿又送来吃的，还把手指竖在嘴边，让父亲不要说话。你无法想象那是一个刚经历过脑部手术且尚未完全恢复的人。

我决定离开时，天气已经变热。我要走的那天早上，她忽然趴在床上大哭起来，是那种孩子才会有的哭号。那时，天刚蒙蒙亮，那哭声一定穿透了墙壁，飞到了附近的各家各户，我怎么劝也劝不住，把她搂在怀里，她却将我一把推开，自顾自地大哭着。母亲的哭声是这世界上最尖利的刀子，扎得人心痛。

多半个小时以后，她擦干眼泪，艰难地去往厕所。我自责，这场剧烈的悲泣一定是因为我的离开造成的。可千里之外的孩子们已经迫切等着我回去了。我迟疑地看着手机上的乘车提醒，感觉自己的心被拉扯着。直到下午，我还是咬着牙拖着行李箱走了，坚持没让弟弟相送。

坐在出租车里，打开出租屋连接摄像头的软件，便看见父亲坐在床边，母亲是坐不住的，一会儿给他端水，一会儿给他拿零食。天黑的时候，母亲竟打来视频，问，你在哪儿，怎么还不回来？她听不懂我的解释，不耐烦地大喊一声"快回来！"，便气愤地挂断电话。我把脑袋扎进火车上的白被子里，努力控制着，不让眼泪流下来。

现在，我每天都要在对手机铃声的惧怕里，接听好几个视频电话，她在那边哭闹，也欢笑。我们的聊天总不在同一个频道上，但这丝毫不影响她表达的欲望。

我总是悄悄打开摄像头，母亲当然不知道，她所有的举动都在我们的"监视"之下，每天重复着同样的事情，照顾父亲，收拾家务，跟亲人们打视频……她沉浸在自己的世界里，困在自己的时间节奏里。虽然很难接收到我们的信息，但她对亲人的关心却从未停止过，似乎这一切全都变成了她身体里无法更改的密码。也许正是这隐在身体里的密码变成了一剂良药，拯救了她。想到这里，我常常禁不住隔着屏幕抚摸她。

在手机屏幕上，母亲的身形多么小啊，还不如我的食指大。

说实话，那次租房，我首先相中的是小巷外的河流。河水幽幽，杨柳低垂，沿着河岸走，一直向南，过两个路口，便能到我的单位。早上，河面上有太阳相送，晚上又有月亮在水里迎着。为此，我宁愿容忍小院里各种房客带来的嘈杂，急匆匆跟同学搬了家。

大门外时常停着一辆卖煎饼果子的三轮车。进门之后，看到的是一个四合院。房东占北面两间，东边住着小两口，门口那辆三轮车便是他们的。紧邻的是一套大一些的套间，屋子里每次都出入不同的人。后来我才知道，这里住了六个人，四个男孩住在客厅，两个女孩住在里边的小间，他们完全把这里当集体宿舍，因此也最让房东头疼。我们住在西边，隔壁住着一对中年夫妇，听口音应该来自郊县

当天晚上，我们正在房间里看书，就听到房东阿姨的叫嚷声。是因为卖剪饼的小夫妻剥完大葱没有及时清理，乱飞的葱皮惹怒了她。小夫妻不断地道歉、解释着。直到房东大叔回来，才把他的妻子推进了房间。

相比来说，房东大叔是比较宽容的。他每天去河边钓鱼，又把钓来的鱼撒进河里，只享受悠哉的过程。但有一次，他还是发火了。起因是

有人在厕所大便之后没有冲掉。隔壁的中年夫妇红着脸，急忙去厕所清理。原来，他们几个老乡刚刚来过。房东大叔不再说什么，叹着气回屋了。

房东阿姨像警察一样监视着"集体宿舍"里的六个人，并且三番五次地提醒我们，要与他们保持距离，她这样说："男男女女住在一起，像什么活？要不是签了合同，真想把他们轰走！"我出门的时候，对面的门还紧闭着。晚上回来时，他们已经在准备晚餐，好像不需要上班一样。直到一个星期天，我才看到他们穿戴整齐地出门，打招呼之后，才知道他们是跑业务的，主要销售各种文具。

他们的收入极不稳定，有钱了，开几瓶啤酒，弄几个小菜；穷困时，一大袋馒头，一块钱的咸菜丝，几个人围着抢着吃。但他们永远都是开心的，嘻嘻哈哈的声音总能从屋子里传出来。让从写字楼里穿着正装、高跟鞋忙碌了一天归来的我们，充满了羡慕。

那天半夜去厕所，我一推门，便看见两个黑影躺在院子里，吓得尖叫起来。"黑影"们腾地坐起，原来是"集体宿舍"里的小伙子。闷热的天气把他们从室内挤到了院里。这当然惹得房东阿姨更为恼怒，为此争执了好几次，但他们好像对这样的事情早习以为常了，依旧如此。

有天，他们向我借插座，说是弄来一套 VCD 和话筒。借走之后，我马上担起心来：当歌声响起的时候，必定又是一场战争。

果然，房东阿姨走出了屋子。可她的脚步却忽然慢下来，好像被一句歌词给绊住了。"流浪的人在外想念你，亲爱的妈妈……"那是小李子的歌声，他唱着唱着，变成了合唱。音乐似乎一下子拥有了魔力，给所有人勾勒了一幅与乡愁有关的画面。我看到，煎饼小夫妻停下了剥葱的手，隔壁大姐也从窗口伸出了脖子。我不知道房东阿姨想到了什么，她转身，回到了自己的房间。

他们一直唱到很晚，引得煎饼小夫妻和中年夫妇都去看热闹。从那越来越高的声音里，我听到了一种对房东的挑衅。

大家好像都在等待那一时刻的来临，果然，八点钟的时候，对面的门响了。房东阿姨竟然满脸微笑，手里端了两个盘子送进去，一盘毛豆，一盘水煮花生。这始料未及的变化，让他们顿时安静下来。每个人都猜想着房东的用意，把音响关掉了。

此后，"集体宿舍"里安安静静的。直到某一天，我下班回来，看到房东大叔正往院里搬电视。我跟其他的租客一样，都受到了邀请。小院里的卡啦OK开始了。在大粗的簇拥下，房东阿姨唱了很多首，她开心极了。但那首"流浪歌"响起的时候，我看到房东阿姨眼里散发出了异样的光芒。她也许想到了北漂的儿子。也许，想到了自己年轻时流浪他乡的经历。总之，她脸上的笑容如暖阳一样，照耀着我们。谁也没想到，房东和租客之间的那道厚门，让音乐给推开了。

那个夏天，我们每天都沉浸在音乐里，有时，去河畔玩耍，房东阿姨坐在其间，歌声顺着河流一直漂向前方，在那里，房东大叔正在垂钓。我们欢笑着推想：上了大叔鱼钩的那些鱼，必定是听歌听得陶醉的。

中秋节，房东阿姨特地准备了一桌饭。我们一起唱歌赏月，也一起为"流浪"的身份而伤感。但房东阿姨却把月饼分发到我们手里。几天之后，小院的墙外写了大红的"拆"字。这之后，我们纷纷离开了小院。离别之前，房东阿姨像母亲送别孩子一样，把我们每个人送出小巷，又目送我们远走。

十几年过去了，每当在街上听到"流浪歌"响起的时候，我心里好像有几只沉醉的鱼一样，翻腾着，泛起片片涟漪。

# 贴在墙上的往事

那次回婆婆家，在前边两间老瓦房里翻腾旧物，忽然，角落里有光反射过来，有些晃眼。我走过去，抚去上边的杂物，看到一个大镜子，上边依稀可辨几颗红字，似乎是给谁的奖品。再抬起镜子，便看到下边有张奖状，落满了尘土。右下角的日期是1978年，距今已经超过四十年。我丈夫跑过来看，说，那是爷爷的遗物。

爷爷走得早，在我丈夫大学期间，他便去逝了。但他的故事至今还回响在村庄的上空。在那个家家安装有小喇叭的七十年代，被评为省级劳模的爷爷曾做过一次报告，他的声音响彻整个玉田县。他说，我姓黄，我就应该像老黄牛一样努力工作！这句带着些幽默的话至今还被人们记起。与此一起被人们记着的还有那热闹的场景：几辆卡车一路敲锣打鼓，从县城一直开往这座小村庄，爷爷胸前戴着大红花，被人簇拥着，在众人充满了赞扬、羡慕的目光里回了家门。

爷爷出生于二十世纪10年代，他的少年时代正逢乱世，日本人就驻扎在隔壁村，烧杀抢掠。村民们斗智斗勇跟他们周旋。那时，人民生活凄苦，他亲眼看见自己的父亲冒着生命危险驾着驴车，去一个叫林南

193

仓的小镇拉八路军发的救济粮。爷爷眼看着村里年长些的青年去抗日，后来，其中一位还成了将军。可以说，他们这代人，是从祖国的伤口上走过来的。新中国成立以后，这个镶嵌在蓟运河畔的小村庄顿时鲜活起来，河边大片的芦苇到秋天被人们放倒扛回家，经过碾压之后，编织成一方方席子。在这一带，织席一下子成为了主要的经济产业，有了"织席窝"的美名。爷爷不满足于这些，他跟村里十几个男人一起去天津干活，当了建筑工。那时，天津还是河北省的省会。后来省会迁到了保定，爷爷便转到玉田县工作。他从小工做起，踏实、勤奋，后来成了八级建筑工。

从县城到村庄的那条路，不知道收集了多少爷爷那辆自行车轮胎的印记。他车上的铃铛声响来响去，把路两岸的植物和河水叫醒。一直到五十多岁时，他依旧如此，别人问，黄师傅，怎么不住下？他呵呵笑着，说，我孙子想我哩！问他的人也笑，却说，是想你口袋里的糖吧？

我丈夫说，他童年里最美好的记忆便是听到那一串铃铛响。多是在天刚刚擦黑之后，一串铃铛的声响进了院子，他便匆匆跑出去，迫不及待去摸爷爷自行车后座上的口袋，绕着一只铁饭盒的周围，总能摸出几块糖来。

爷爷放好自行车，并不去休息，马上就去找扫帚，在院子里打扫起来，他把落叶连同尘土一起清理干净。从树上落下的小鸟在地上站一下赶紧飞走了，好像也在疑惑自己是不是走错了路。

爷爷一直按部就班工作，勤勤恳恳。他对自己要求严格，凡事都要做到完美，技艺自然也越来越好。1976年，那场大规模的地震之后，唐山大面积房屋塌陷、毁坏，玉田县第一、第二化肥厂的烟囱倒了。高达50米的烟囱原本是玉田城区最高的建筑，经过那场地震之后，从半截折掉了，化肥厂只得停产。当时，专业的建筑队围在一起，都无从下手，最后还是爷爷带领他的徒弟和同事们一起搭好了架子上去，找了一个倾斜的角度，最终完成了修复。这项艰巨的任务，让人们看到了爷爷精湛的技术，大家为之惊叹。50米的烟囱重新竖起，里边吞吐的烟雾直入云霄，在当时也算得上是县里的一件大喜事。爷爷因为事迹突出，也因为平时严谨的工作态度，获得了河北省劳模的称号。在地震之后的那段时间里，他完成了很多高难度的修补工作。

成为省级劳模之后，家里送来一个煤气罐，说是给劳模的奖励，在当时那也是稀罕物，遭到全村人的围观。他获得的这一切，让后人至今觉得荣光，但他的想法再简单不过，做好手里的事情，让家人过上好日子，这理想朴素而真实。

他们告诉我，那时的房子里满墙都是爷爷的奖状。在那个年代，一纸奖状便是最高的奖励。现在这奖状在我手里，它比我还要年长。隔着四十多年的时光，我手心有些泛潮。我把那些尘土吹掉，让爷爷的名字露出来，黄树恒——这名字好听，也如他的个性一般显示着一股子执著劲，有大树一样的恒心。隔着这张纸，我在心里默默地向爷爷致敬。

曾经张贴过爷爷奖状的老墙已经不在了，老家的房子在新生活欢快的节奏里翻新。爷爷走得早，奶奶替他把日复一日的变化记在眼底。而他的故事，也时不时出现在奶奶的讲述里。一个九十岁的人的讲述，有时是倒叙，又时是顺叙，时间经常是完全错乱的。我从那些故事里，梳理着、感受着一个家庭的年轮。

爷爷是有远见的人。哪怕他的大儿子留在乡村，他也要求他一直练字，二儿子送去当兵，三儿子与他同去建筑公司，小儿子上了大学。我公公是他的大儿子，虽然只有小学学历，但长年诵读古诗词，并坚持练习书法，精神生活自然要丰富得多。多年里，他担任村里的会计，从一串串数据里见证了着村庄生活的变迁。现在六十多岁了，仍在为村里服务。公公幽默风趣，高兴了，会唱一段评剧，每天一起床，便用一支大笔沾了水在水泥地上挥写。有时候自己也编上几句诗，是对生活的赞颂与感叹。他知足、乐观的性情必然是几十年里受诗词与笔墨滋养的结果。

如今，雪白的墙上挂了公公的书法，我丈夫的绘画，顿时显出一种素雅来。公公又在院里养起竹子，经常，风吹动竹林，也吹动各种鸟鸣。孩子们在竹下嬉笑着，在绿叶间寻觅着声音的出处，这在乡村也算是一景。

有时候，我们走在院子里，脚下碎石铺就的小路笔直，我丈夫总是站在那里，告诉我爷爷当时如何命令他搬砖，他又如何看爷爷蹲在那里，如何将碎砖石码得美观。孩子们也喜欢这条路，春天，路两旁的柿子树下时不时掉下小小的青柿子来，像两棵树在对弈。这条出自爷爷之手的石子路，连接着院子的两端，连接着两棵柿子树，似乎也连接着后辈人对爷爷的思念。

我想，也应当把这一切美好与爷爷当初那满墙的奖状联系起来。如果眼前这些景象有着鲜花的芬芳的话，这花的营养是从爷爷那一代人的手里传递过来的。这花蕊里，隐藏着一段美好的节奏，凑近它，能听得见一个家庭在时代脉搏里有力的心跳。

# 怀念一只猫

　　我们家养过很多猫，不管它们长得多么不同，我们一律叫它们咪咪。咪咪们生活在农村，有家门前的大院子，菜园和菜园栅栏上围着花朵飘飞的蝴蝶，长满树的果园，以及果园与菜园外的广阔天地，它们自由自在，想去哪里去哪里。前半夜还压在你被上打着呼噜，天亮以前伸手一摸，早就不见了踪影。

　　有一年，母亲从雨后的水渠里救出一只灰白相间的花猫。我们看它长得漂亮，抱着它，给它嚼我们自己都舍不得吃的香肠。把它的住处——一个新箱子布置得舒适而温馨。显然，我们的关爱是一厢情愿的，这只咪咪一点也不把我们当成自己人。它健壮之后就想着逃跑，然后偷吃人家的东西。甚至把人家的猫给咬伤，每次母亲都迎着别人的数落把它抱回来，当时，它还乖巧，可快到家门口的时候，它猛地给母亲手上一爪子，"嗖"一下逃窜了。母亲总说它真是只野猫，可还是忍不住在门口的盘子里给它留吃的。果然，咪咪回来了！可她嘴里还叼着个什么东西，它跳进我们还没扔的箱子里，又很快转身出去，我以为那是老鼠，走近了看，是小猫！它接连叼着四只回来。它们围在它肚子底下吃奶，咪咪当妈妈了。

做了母亲的咪咪跟以前不一样。它变得温和，虽然不让别人走近它的领地，但是，它终于开始试着跟我们相处，开始容许母亲碰它和它的孩子们。它走起路来，不再急匆匆，就连伸懒腰的样子也变得优雅。并且开始喜欢热炕上的阳光，哪怕小猫们抓它的头，咬它的尾巴，它也躺在那里一动不动。

咪咪不再疯跑，只在天气好的时候，带着孩子们去爬树，逮蝴蝶。有时候，我们叫咪咪，咪咪！它就皱着眉头似的，抬头冲着我们"喵"一声，母亲说它终于长大了。

后来，它在出门前，吹着胡子伸着爪子叫孩子们退后。它觉得它们不再需要自己了，所以强行与它们隔离。那些小猫不久都到了我们亲戚邻居家里，不知道以后在路上它们母子相遇，彼此会不会再相认。但是它却恢复了往日的逍遥自在，依旧是整日不归家，有时候，放羊回来的人说，发现它在山坡上追兔子。也有时候，它不知道从哪里逮来一个大鸟。有时候，母亲准备好食物，叫它，却不见踪影，正发狠骂它"死猫"的时候，它却从床底下伸着懒腰钻出来。再后来，它又生了许多窝猫孩子，各种花色的，都长得漂亮。母亲对它百般疼爱。我从千里之外回去，早上锅里煮两个鸡蛋，我对母亲说，我吃不了两个。母亲就说，另一个是咪咪的，它正在坐月子。还没到中午，大锅里已经飘出肉香味。我正感动，说，妈，不必这么麻烦。母亲却说，咪咪也得吃，它正在坐月子。我真有点吃它的醋。

可咪咪真的变了。它领着一群猫孩子在苹果园里练爬树，母亲从草丛里逮到一只大蛐蛐，母亲大喊，咪咪——，咪咪就从房顶上急着要马上跳下来，它的猫孩子也跟着奶声奶气地叫，母亲就给它指路，说，那边，走那边。结果，它真就带着一群小猫从母亲指的那条路上回来了。

那会儿，我们都在外地工作，母亲一个人在家，她去给牛打草的许多个下午，咪咪都守在村口等她回来。有一次，它竟然拖回来一只死兔子，一直拖到母亲的脚边。母亲把兔子收拾了，炖在锅里。熟了以后，母亲在桌子上吃兔肉，它趴在桌子下边吃。

人老了以后腰会弯，背会驮，脸上会长皱纹。猫不像人，猫老的不是皮囊，是神态。咪咪老了以后，就经常在某个地方发呆。有时候是树下，有时候是院子里的大石头上，有时候就在炕沿上……我揪揪它的耳朵，说，你念经呢。它瞅了瞅我，又闭上眼。母亲说，咪咪，有老鼠！它根本懒得动。

它在母亲为它准备的纸箱里完成了最后一次生产，只有一胎。生完之后，母亲就看见它在那里嚼骨头。它竟然把自己的孩子给吃了，真不知道为什么。我听说到这个消息的时候，浑身冒冷汗。母亲说，很多老猫都会这样，可我还是想不明白。

吃完自己孩子的咪咪更加慵懒，但是，后来的几天，它却总是外出。很早出去，很晚回来。有一天，它出去以后就再没回来。

母亲说，这猫丢了，可能去谁家偷食吃被人扣住了，也可能吃了有毒的死耗子把命给丢了。即使这样，母亲还是每天更新猫碗里的饭食，家里总有一扇窗户永远不会紧闭，母亲半夜听到一点声响，马上叫一声"咪咪"，可是没有回应声。邻居劝母亲，猫多是没良心的。不用再惦记了。可母亲走到许多个地方，还是忍不住唤"咪咪"。

那年的苹果花开得太密，母亲去果园里摘花，怕秋后的果子太多，谁也长不好。母亲走到树下，看着已经落下的白色苹果花正盖着一个什么东西。她最不愿意看到的一幕发生了，咪咪躺在它平时经常躺的那个地方。它年轻的时候，在那里逮蚂蚱，做了母亲以后经常带孩子在这里爬树，它最终在这棵苹果树下完结了自己的生命。它看上去并不痛苦，身体的姿态依然优雅。不像是药死的，应该是老死的。母亲把它葬在另外一棵树下，把它用过的东西在距离它坟冢不远的地方烧了。母亲在电话里说，咪咪死了，然后她就什么也没说，电话里是一阵"嘟嘟"的声音。